連日本人都在學的

日文語感訓練

全方位掌握語彙力，
打造自然靈活的日文腦，
溝通、寫作、閱讀技巧無限進化！

吉田裕子／著
陳姵君／譯

精進！

当意即妙

重宝

推挙

激賞される

快諾！

序文

語彙能力即為表達能力

在補習班擔任講師教導國高中生的過程中，經常會遇到「語彙能力」這項問題。語彙量不足的學生，不只無法在答題時「選出正確的敘述」，甚至無法理解文章內容因而做出錯誤解讀。此外，所寫出的小論文也會流於拙劣幼稚。

對日本的學生而言，日文單字不比英文單字，不會想要刻意花時間背記。「要多看書」這個道理大家都懂，但忙於學校課業、社團與興趣的學生卻很難擠出時間閱讀。有鑑於這樣的情況，我不斷摸索反覆嘗試，盼能找出增進學生語彙能力的方法。

在這個過程中，2017年夏天付梓的《由淺入深依序習得大人必備的語彙力》（書名暫譯，KANKI出版）一書，獲得極大的迴響。這也讓我切實感受到「**不僅限於莘莘學子，語彙能力對大人而言也是很迫切的課題**」。

語言是很纖細的，即便意思正確也不代表能完整傳達語意

平時我亦教授古文課程，針對學生們所提交的現代語譯文進行批改，有個詞彙卻令我陷入苦思。

那是取自《源氏物語》章節中的一文：

「**御気色もいとほしう見たてまつりながら**（見其（父皇）氣色，（光源氏）不勝哀憐）」。某學生的答案為：

「**帝のご様子も、光源氏はかわいそうに拝見しながら**（光源氏面聖時看到皇帝的狀態，覺得很可憐）」。

此學生正確地翻出了原文的敬語，以及古文單字「気色」、「いとほし」。原本我覺得可以打勾過關，卻又隱隱覺得有哪裡不太自然。

令我感到糾結的部分在於「覺得很可憐（かわいそうに）」這句話。

查閱古文字典，「いとほし」一詞的確為「悲慘、可憐」之意。就古文的解讀來看並沒有錯。然而，皇帝既是當代地位最高之人，對光源氏而言更是自己的親生父親，面對這

樣的對象，會用「覺得可憐」來形容嗎，這點讓我陷入苦思。

日文的可憐（かわいそう）意指「感到憐憫的態度」，大多是對年幼者或晚輩所使用的詞彙。因此，不免給人一種「高高在上」的感覺。而這就是讓我感到整句話不太自然的原因。我認為「於心不忍（お気の毒に）」會是比較合適的說法，既保有敬意，又能展現對皇帝的關懷。

我在學生的答案上打勾，並加註以「於心不忍」來描述會更為貼切的評語。

由此例子可知，語言是很纖細的東西。**儘管費事，但留意各詞彙之間的微妙語感來選擇措辭時，便能傳達出細膩的語意與思路。**

讀者們平時是否認為「只要對方聽得懂就好！」而不太在意遣詞用字呢？筆者認為，正確掌握語感和語法，亦為造就語彙能力的關鍵要素。

另一個來自教學現場的案例。這是東京大學入學考試所出的古文題目。

「**遊びののしる**（遊罵）」。

這是要考生們將此詞彙譯為現代文的考題。除了掌握「遊」（演奏樂器）與「罵」

（熱鬧喧騰）這兩個古文單字的意義外，還必須將其組合成通順的句子。某位學生的答案為：

「**大音量で楽器を演奏する**（高分貝地演奏樂器）。」

倒也不能說完全不對，但這樣的說法感受不到一丁點的風雅韻味。感覺就像在音樂展演空間彈奏電吉他那樣。

「**にぎやかに楽器を演奏する**（鏗鏘有力地演奏樂器）。」

這個答案就好很多。然而，最讓我感到驚豔的則是下面這個答案：

「**盛大に管弦の遊びをする**（雅興大發，盛大地調絃弄管）。」

這句譯文頓時令人感受到雅趣。原文為描述墜入愛河的場景，這樣的形容恰好與文章脈絡相呼應。

最後這個答案乃出自擁有傑出語彙能力的考生之手，其實力充分反映在此譯句上。畢竟沒有一定程度的詞彙量，便無法做到措辭洗鍊又優雅。

由此可知，**語彙能力會直接影響表達能力**。能否令人感受到知性、能否生動詳實地傳達情境、引人入勝，皆取決於語彙能力。

撰寫上一本著作《由淺入深依序習得大人必備的語彙力》時，主要針對商業往來與人際交流場景，從能否應用於實際對話與電子郵件等觀點出發，來選取詞句做介紹。鉅細靡遺地收錄了各種與客戶、廠商、上司等互動時所應掌握的表達方式。

該著作出版後，我曾在推特等平台搜尋「語彙力」這個關鍵字，卻意外發現，自覺語彙能力不足的人並不少。

「想針對作品寫感想，但詞不達意。」

「很想說出我所敬重的前輩有多棒，但詞不達意。」

「腦中浮現各式各樣的想法，但語彙能力不夠，無法好好整理。」

也就是說，想藉由語彙能力來提升表達能力的人其實相當多。

本書的企劃案便因為這項發現應運而生。

讓我想打造出一本**能夠帶領讀者理解每個詞彙的細膩語感，進而提升解讀與表達能力的書籍**。

本書旨在培養「合宜得體的措辭能力」

本書針對各種情境列舉相關詞彙做講解。盼能幫助讀者**正確理解同一涵義的字詞之間，具有何種差異，並具體掌握適用情況**，懂得適切區分詞彙加以應用。不光能學到生字，就連原本似懂非懂的字彙，也能透過插圖與例句明確掌握概念，領會傳神生動的語感。

此外，每個詞彙皆標註「語彙力等級」。1顆★代表簡單、5顆★代表艱深詞彙。對於不熟悉用法的人而言，若突然在日常會話中使用標示4～5顆★的單字，恐會造成格格不入的突兀感，還請留意。1顆★的詞彙雖然較為簡單，但列舉這些字詞的用意在於，希望讀者們能透過與其他字彙的對比，以及語源的說明等加深對基礎單字的理解。

正確又深入地理解，才能讓各種詞彙變成自己的囊中物。還請大家藉此機會培養出舉一反三的語彙能力。

語言乃思考之窗。

先人所領悟的真理、概念、美感等結晶，皆濃縮在詞彙裡。因此，掌握詞彙有助於了解社會、人類以及世界。這也正是遣詞用字能造就知性印象的緣由。

語彙能力除了會左右解讀、表達能力之外，更與思考能力與感性息息相關。

期盼本書能為讀者的語彙能力養成貢獻棉薄之力。

2018年1月　吉田裕子

《連日本人都在學的日文語感訓練》目次

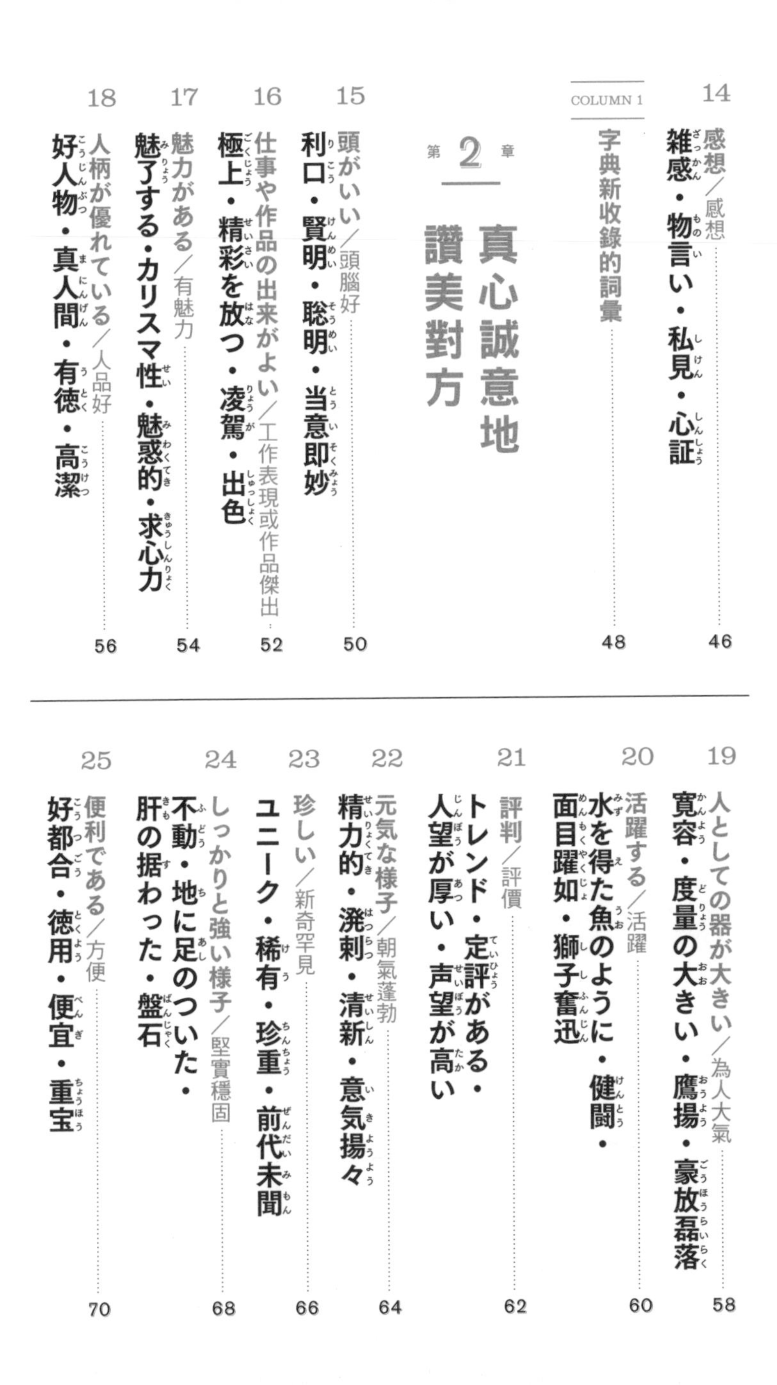

第2章 真心誠意地讚美對方

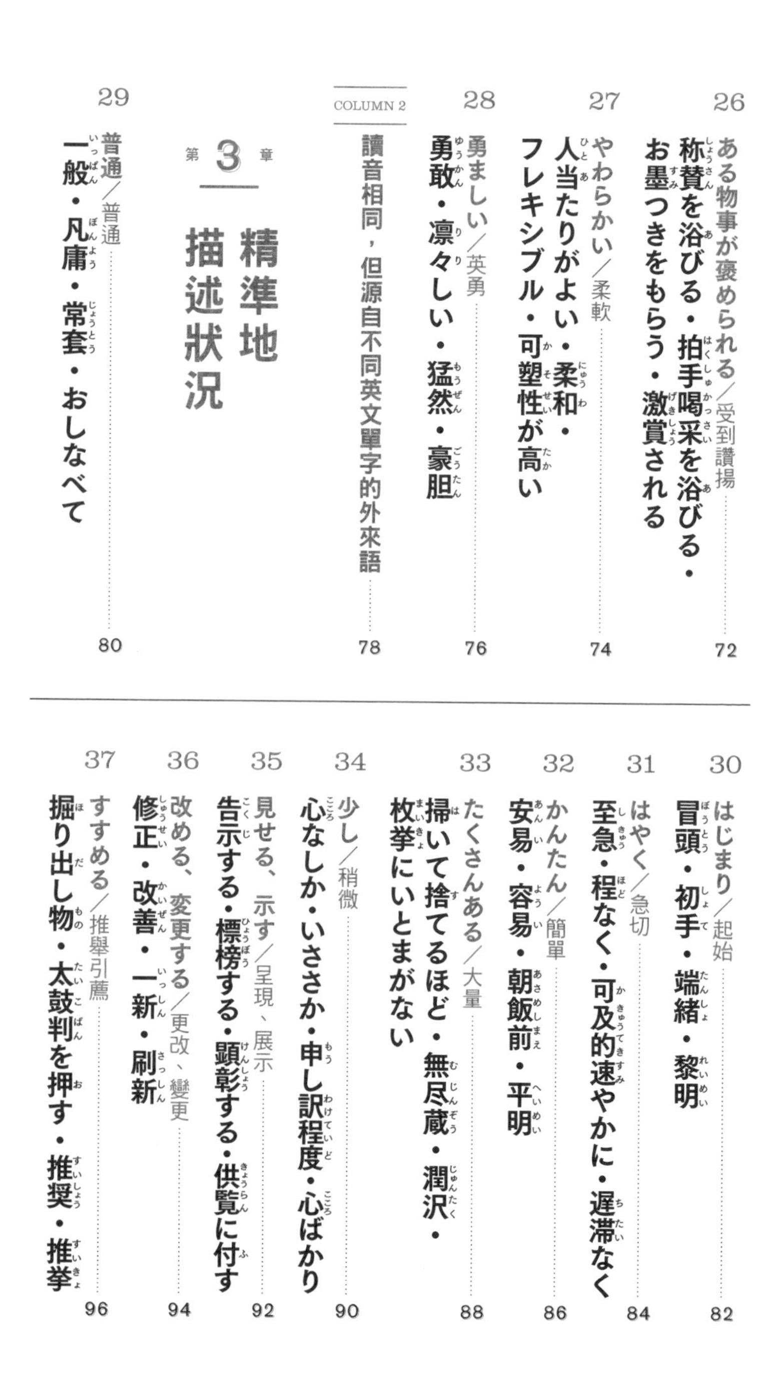

第3章 精準地描述狀況

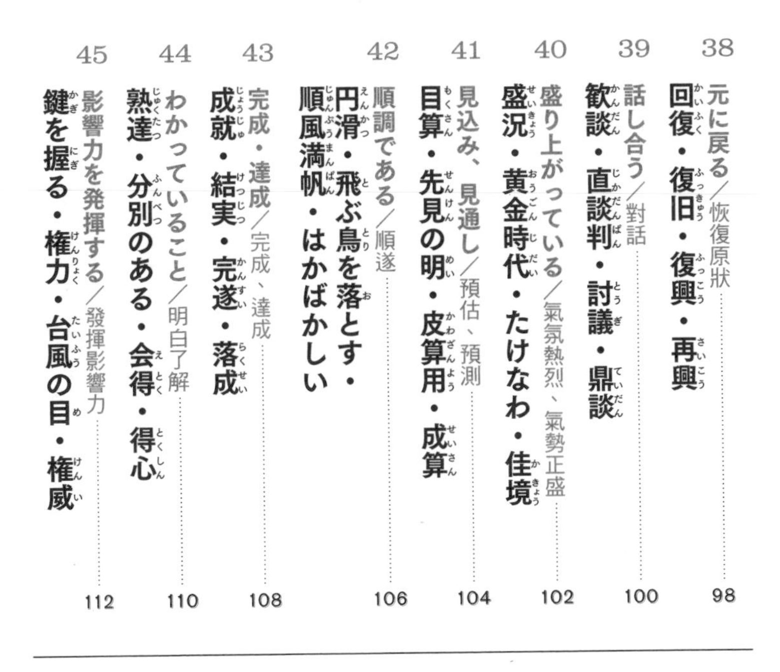

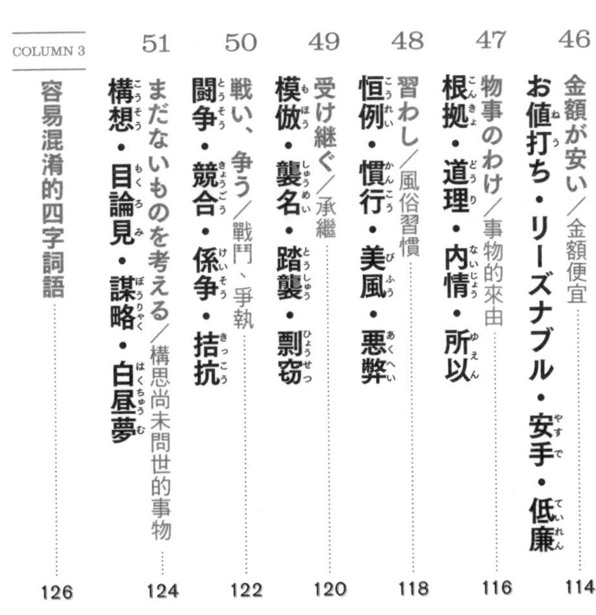

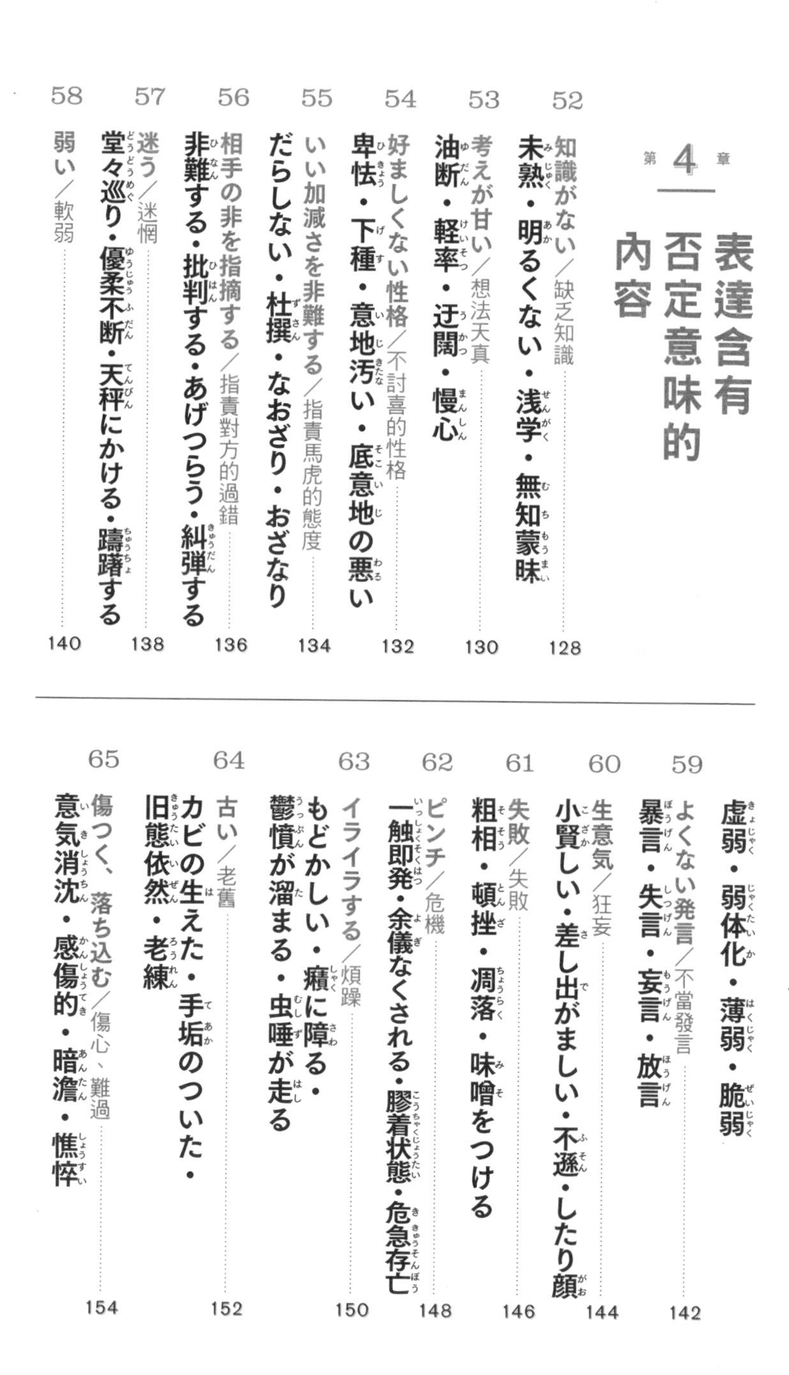

第4章

表達含有否定意味的內容

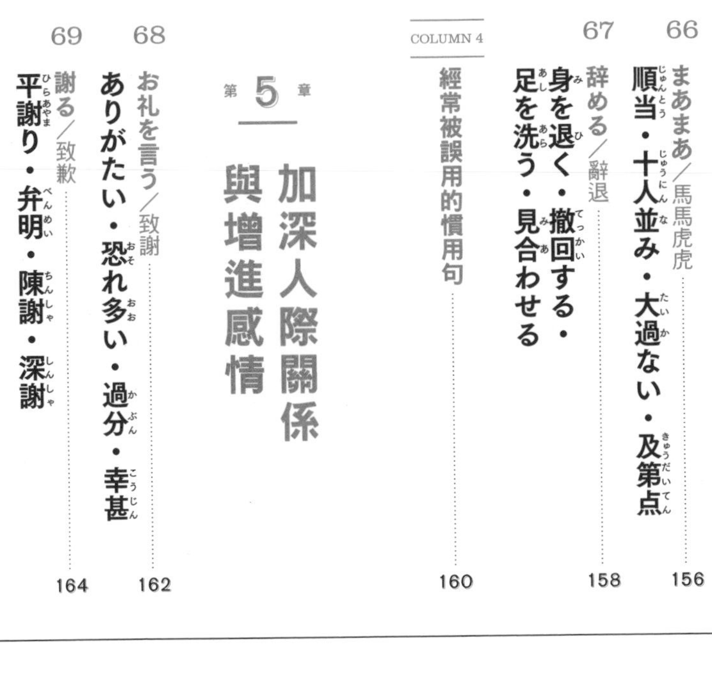

第5章 加深人際關係 與增進感情

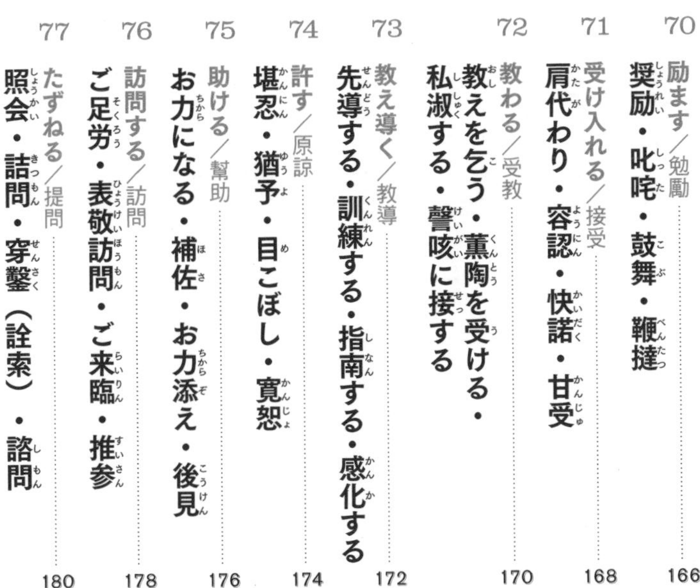

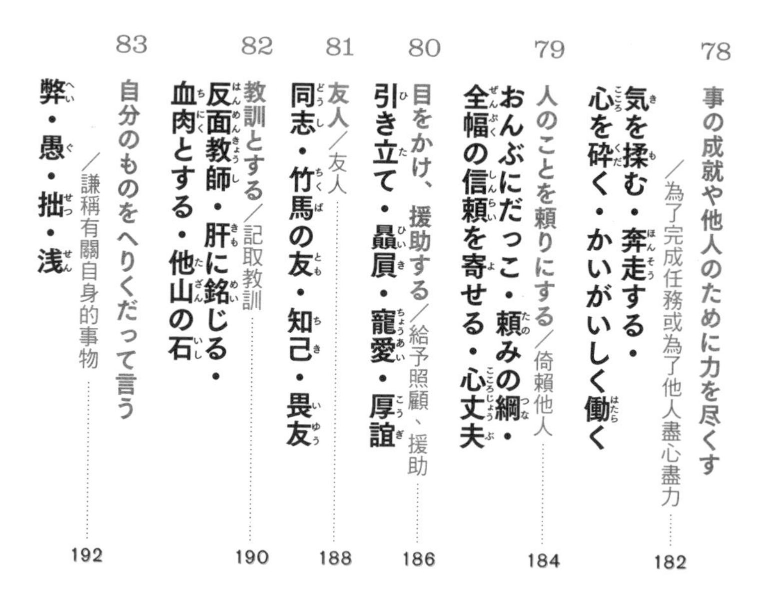

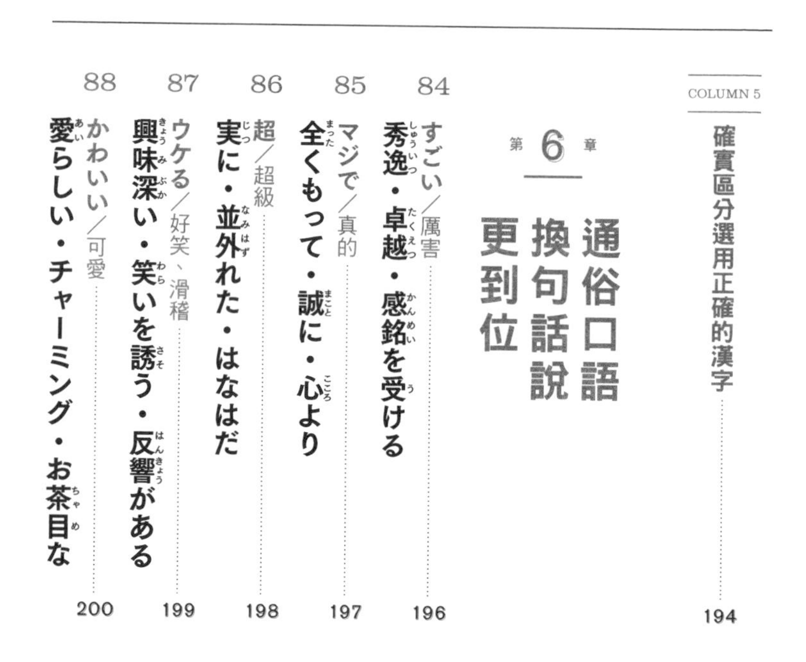

第6章 通俗口語換句話說更到位

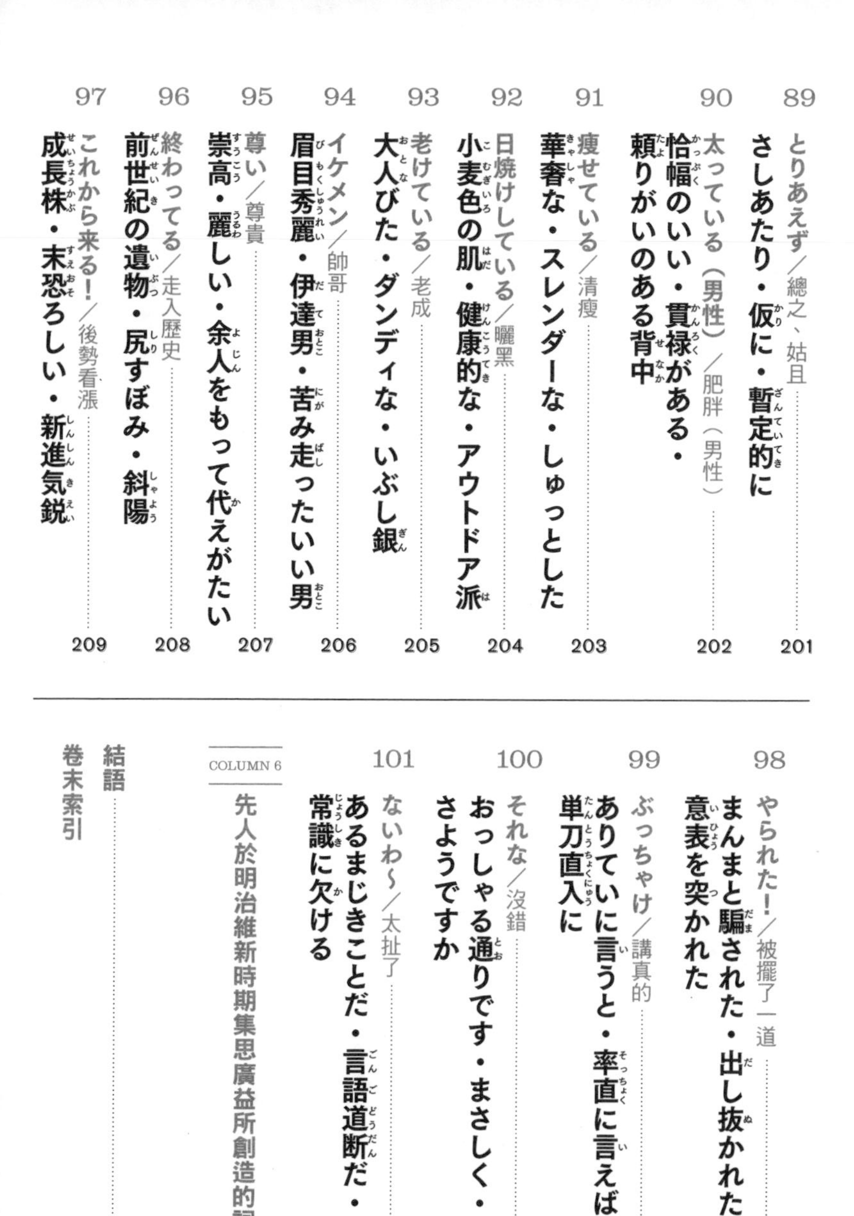

how to use

本書使用方式

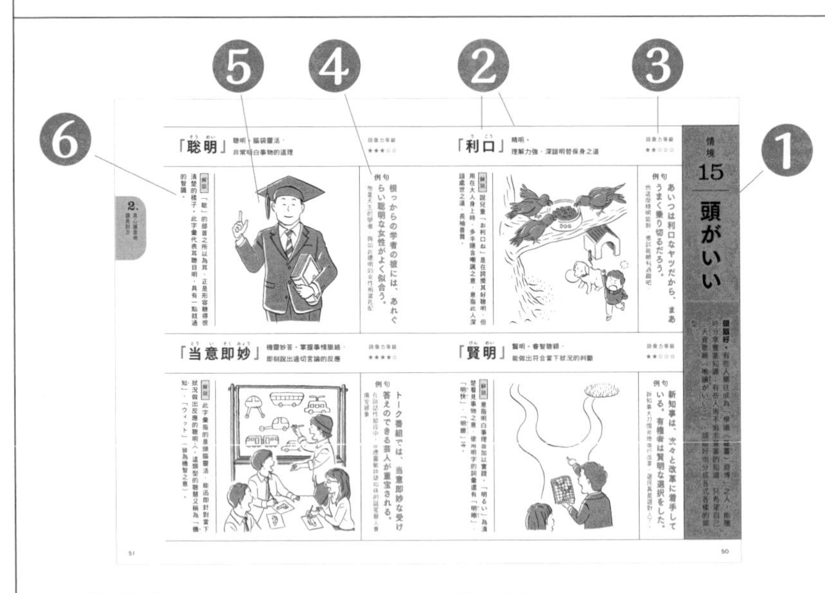
情境 15

頭がいい

「利口」 精明，理解力強，深諳明哲保身之道

語彙力等級 ★★☆☆☆

例句 あいつは利口なヤツだから、まあうまく乗り切るだろう。

「聡明」 聰明，腦袋靈活，非常明白事物的道理

語彙力等級 ★★★☆☆

例句 根っからの学者の彼には、あれぐらい聡明な女性がよく似合う。

「賢明」 賢明，睿智聰穎，能做出符合當下狀況的判斷

語彙力等級 ★★☆☆☆

例句 新知事は、次々と改革に着手している。有権者は賢明な選択をした。

「当意即妙」 機靈妙答，掌握事情脈絡，即刻說出適切言論的反應

語彙力等級 ★★★★☆

例句 トーク番組では、当意即妙な受け答えのできる芸人が重宝される。

50

51

❶ 情境

此單元所列的4個詞彙的適用情境。從常見的狀況依序列出相關字詞。當讀者們產生「這種時候可以代換成哪些說法？」的疑問時，便可比照查找索引典的方式，搜尋相關情境單元加以學習。也推薦從頭開始讀起。

❷ 字彙與意義

明確解說字彙與其意義。

❸ 語彙力等級

1顆★代表簡單、5顆★代表艱深詞彙。對於不熟悉用法的人而言，若突然在日常會話中使用標示4～5顆★的單字，恐會造成格格不入的突兀感，剛開始請先慎選狀況或對象使用。

❹ 例句

以工作上或日常生活中的情況為背景所發想的例句。確實掌握實際應用概念，才能提升詞彙量。

❺ 插圖

讓人一看就能聯想到各詞彙的使用情景。請搭配例句，彷彿身歷其境地加以理解、記憶。沒有時間的讀者只看詞彙與插圖也別有一番樂趣。

❻ 解說

說明該詞彙的概念、由來、與其他字詞的區別等。詳細閱讀解說，就能確實習得該字彙。

書籍設計　大場 君人

插畫　白井 匠

第 1 章

細膩貼切地表達各種情感

喜怒哀樂這句話雖然只有四個字，實際上，表達情感的詞彙卻多不勝數。提升形容同一種情感的語彙量後，便能透過吻合當下情況的詞彙來表達自身的想法。一併記住相關的慣用語，就能在撰寫致謝郵件或書信時，選出合宜得體的措辭。

情境 01 笑う

發笑。形容笑的詞彙還分很多種，「微笑み」為面露沉穩笑容、「高笑い」為得意地笑、「一笑に付す」則是一笑置之，不予理會。

「爆笑（ばくしょう）」 哄堂大笑，一群人放聲大笑

語彙力等級 ★☆☆☆☆

例句

芸人のおかしな仕草に、会場は爆笑の渦に包まれた。

搞笑藝人的搞怪動作，引起會場哄堂大笑。

解說 大部分人或許都不明白此詞彙的正確涵義。相較於獨自發笑，主要用來形容在場所有人不約而同地笑了出來。

「嘲笑（ちょうしょう）」 嘲笑。取笑他人

語彙力等級 ★★☆☆☆

例句

どれだけ世間の嘲笑を浴びようとも、彼は挑戦をやめなかった。

無論世人如何嘲笑，他依然不放棄挑戰。

解說 瞧不起別人、輕蔑發笑的樣子又可稱為「冷笑」、「あざ笑う」。「嘲笑の的になる（成為眾人嘲笑的對象）」、「嘲笑を買う（引發嘲笑）」則是常見的用法。

「噴飯（ふんぱん）」

噴飯。
覺得逗趣，忍不住發笑
而將口中的飯粒噴出來

語彙力等級
★★★★☆

例句

彼の遅刻の言い訳を聞いた？噴飯ものだったよ。

你有聽到他說的遲到藉口嗎？真的很令人噴飯耶。

解說　因為感到可笑而發笑，而非發火動怒之意。相似詞則有，在不該笑的情況下，卻忍俊不住的「失笑（しっしょう）」。

「破顔（はがん）」

眉開眼笑。
收起嚴肅的表情，展露笑顏

語彙力等級
★★★★★

例句

志望校合格の知らせを受け、破顔した。

他收到第一志願的錄取通知，瞬間眉開眼笑。

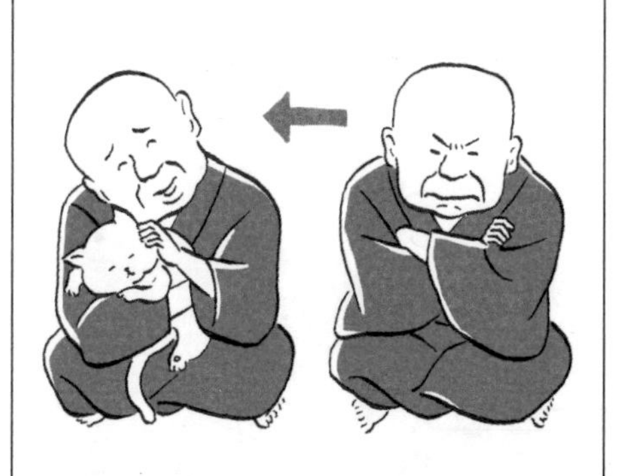

解說　形容從緊繃嚴肅的表情轉變為笑容滿面的樣子。這個詞彙生動地表達出當下氣氛倏地變得柔和、明亮的情景。也可使用「破顔一笑（いっしょう）」。

情境 02 頑張る

努力。「一生懸命（一所懸命）頑張ります！（我會拚命努力！）」的說法雖能表達真摯誠懇的心意，不過再多學幾種進階用法會更好。本單元則蒐羅了也能應用於演講等場合的詞彙。

「奮闘（ふんとう）」

奮鬥。雖處於逆境仍咬緊牙關地全力以赴

語彙力等級 ★☆☆☆☆

例句

急な変更だったが、現場の一人ひとりの奮闘で乗り越えられた。

計畫突然生變，但現場每個人皆發揮奮鬥精神，順利克服難關。

解說 從「孤軍（こぐん）奮鬪」一詞的字面意義來看，也能得知此乃描述在逆境中奮戰的樣子。形容即便情況嚴峻，依舊拚盡全力的姿態。

「精進（しょうじん）」

精進。不斷努力，自我磨練

語彙力等級 ★☆☆☆☆

例句

今後とも精進してまいりますので、よろしくお願いいたします。

本人今後也會持續自我精進，還請多多指教。

解說 原本為佛教用語，「精進料理（素食）」亦為相關詞彙。意指摒除雜念，一心一意專注修行。藉此表達專心致志，堅持不懈的態度。

「尽力（じんりょく）」

盡力。對一件事竭盡全力

語彙力等級 ★★☆☆☆

例句

これもひとえにA様のご尽力のおかげと、深く感謝しております。

這全都要歸功於A盡心盡力的付出，在此致上最深的謝意。

懇請大家幫忙連署！

解說 意即費盡一切心力之意。經常被用來作為道謝之詞，若自己為協助者時，則可用「微力（びりょく）ながら尽力いたします（略盡棉薄之力）」的說法。

「刻苦（こっく）」

刻苦。

吃苦忍耐，自我鞭策

語彙力等級 ★★★★☆

例句

医師を目指した彼は、刻苦して勉学に励んだ。

他立志成為醫師，勤奮苦讀。

解說 這是用來讚許努力不懈之人的詞彙，因此沒有自行宣稱「刻苦します！（我要刻苦努力！）」的用法。四字詞語則是「刻苦勉励（こっくべんれい）（刻苦努力）」。

情境 03

誇りに思う

感到驕傲。為自己感到驕傲是很正面的情感，但可不能流於驕橫自大。本單元蒐羅了正面與負面用詞，請讀者詳加確認各個詞彙的語感。

「自慢」

誇耀。展示自我或與自身有關的人事物

語彙力等級 ★☆☆☆☆

例句

彼の人脈自慢にはうんざりするよ。

老愛自誇人脈有多廣，聽得好煩。

解說 得意洋洋地拿自身能力、經驗、所有物、所屬組織等來說嘴。又可稱為「自画自賛」、「手前味噌」（皆為自賣自誇之意）。炫耀時的臭屁嘴臉則稱為「したり顔」。

「尊大」

狂妄自大。對他人展現出跋扈囂張的態度

語彙力等級 ★★☆☆☆

例句

尊大な口のきき方にならないよう、気をつけなくてはならない。

必須提醒自己避免妄自尊大的說話態度。

解說 形容自命不凡，自以為了不起的樣子。意即傲慢不遜。此外，「持ってまいれ（就賞給你吧）」、「せいぜい崇め奉るんだな（不用太崇拜我）」這類的說話方式，則稱為「尊大語」。

「気位（きぐらい）」

自命清高。認為自己比他人優越，言行舉止皆保有格調的態度

語彙力等級 ★★★★☆

解說 意指出身良好，社會地位高所產生的優越感。往往會與儀態大方、氣宇軒昂的形象連結在一起，不過或許也會予人自命不凡的觀感。

例句

彼は気位が高いから、少々つき合いづらい。

他自命清高，有點難相處。

「矜持（きょうじ）」

自豪。因自身的能力、技藝卓越而感到驕傲

語彙力等級 ★★★★☆

解說 亦可寫為「矜恃」，「恃（たの）む」指的是對自身的能力感到驕傲。不禁令人聯想到憑著一身好本事維生的職人。相似詞為「自負」、「自尊心」、「プライド（尊嚴）」。

例句

見えない部分にまでの工夫に、職人としての矜持を感じる。

在看不見的細節部分也下足功夫，令人感受到匠人引以為豪的專業精神。

情境 04
よく考える

認真思考。鉅細靡遺地琢磨為「具に考える」。徹底調查，深度思考為「吟味する」。沉浸於思考而對其他事物渾然不覺則稱為「思索にふける」。

「知恵を絞る」 絞盡腦汁。指苦苦思索

語彙力等級 ★☆☆☆☆

例句

私どもも、ない知恵を絞って考えてはみたのですが……。

我們也已經絞盡腦汁尋求解決對策，可是……。

解說 就好比將溼答答的衣服擰出水來那般，這句話正是形容苦心思考，試圖找出辦法的情況。更直白一點的說法則是「脳味噌を絞る」。

「熟慮」 深思熟慮。慎重又詳盡地思考

語彙力等級 ★★☆☆☆

例句

熟慮に熟慮を重ねたうえで、決意したことだ。

這是我深思熟慮後所做的決定。

解說 花費許多時間，讓想法更臻成熟的概念。亦稱為「熟考」。指仔細思考後毅然付諸實行的四字詞語為「熟慮断行」。

「鑑(かんが)みる」

借鑑。對照前例或範本，加以比較並思考

語彙力等級 ★★★☆☆

解說　「鑑」指的是典範，例如「男の鑑(かがみ)」。由於是對照範本加以思考，因此原則上必須以「～に鑑みる」的說法來表達。

※雨鞋區

レインブーツコーナー

※雨鞋營業額

レインブーツ売上

5月 6月 7月 8月

例句

過去の事例に鑑みて、適切な処置を考えたい。

借鑑過去的事例，思考適切的處理方式。

「思(おも)いを致(いた)す」

遙想。針對時間上、空間上相隔遙遠的事物加以思索

語彙力等級 ★★★★☆

解說　「致す」為「到る」的他動詞版，整句話意指思及某事、將思緒帶往某處。致す也是可作為謙讓語的動詞，能予人謙虛的印象。

例句

社史を編集し、先人の知恵と努力に改めて思いを致した。

在編撰企業歷史沿革的過程中，令人忍不住遙想先人的智慧與努力。

情境

05

決心する

下定決心。過去曾帶領貴乃花部屋的貴乃花先生，當年晉升為大關時曾表示「我會秉持著不屈不撓（不撓不屈）的精神，不斷精進相撲技藝」。展現出堅強的意志，無論遇到任何困難都不氣餒的氣勢。

「決断（けつだん）する」 毅然地做決定

語彙力等級 ★☆☆☆☆

例句

多くの選択肢があったが、彼はアメリカ留学を決断した。

他從眾多選項中做出選擇，決心前往美國留學。

解說 排除其他選項而選擇進行某件事的重大決定，稱為「決断」。鼓起勇氣做出決定的情況則可用「英断」、「勇断」、「果断（かだん）」來形容。

「腹（はら）をくくる」 把心一橫。做好心理準備，無論遇到任何事皆不動搖

語彙力等級 ★★☆☆☆

例句

ここまで来たら、もう腹をくくって取り組むしかない。

都已經走到這一步了，只能橫了心放手去做。

解說 這句話的「腹」也可以寫成「肚」，並與「胆（肝）」通用。意指當事人的本意、決心。又可稱為腹を「固める／決める／据（す）える」。

「見切（みき）りをつける」

畫下句點。指毅然放棄

語彙力等級 ★★☆☆☆

例句

本気で三年間やってみてダメなら、見切りをつけたほうがいい。

若認真努力三年仍舊不行，不如乾脆畫下句點。

解說 研判已無望而決定放棄。意即斷念。相較於被情勢所逼含淚放棄，這句話則是形容自行作決斷的果敢率性。

「不退転（ふたいてん）」

不留退路。指絕不屈服，堅定不移的態度

語彙力等級 ★★★★☆

例句

与えられた任務に、不退転の覚悟で臨みます。

面對被交付的任務，我抱持著無退路的決心面對。

解說 原為佛教用語，形容修行有成，已達心不動搖的境界。表明強烈決心時所使用的詞彙。

情境06 悔しい

懊悔。這種情緒其實夾雜著憤怒、悲傷、反省等心情。端看當事人將重點放在哪個部分，所選用的詞彙也會隨之不同。

「痛恨（つうこん）」

捶胸頓足。對無法挽回的狀況感到無比悔恨的樣子

語彙力等級 ★★☆☆☆

例句

ブームに乗り遅れ、売れ行きを伸ばせなかったのは、痛恨の極みだ。

來不及搭上這波熱潮，錯失衝高業績的機會令人感到捶胸頓足。

解說 經常會在運動賽事的實況轉播中聽到「痛恨のミス（致命失誤）」這個說法。形容對失敗感到痛心疾首的樣子。

「心外（しんがい）」

意料之外。面對意想不到的結果而感到遺憾

語彙力等級 ★★☆☆☆

例句

まさか妻に疑われるとは、心外だ。

竟然遭到妻子懷疑，完全出乎意料之外。

解說 此詞彙基本上與「予想外」、「意外」的意義相同。然而，就用法而言，主要描述面對意想不到的發展，而感到憤怒或惋惜的情況。

「憤り（いきどお）」

憤慨。基於道義而對他人為非作歹的行為感到憤怒

語彙力等級 ★★★☆☆

解說 在現代，此詞彙主要用於描述源自正義感或道德感的憤怒。目睹社會的不公平或惡劣的犯罪行為時，人便會感到憤慨。

例句

彼は行政の無策に憤りを覚えた。

他對於行政機關的無所作為感到憤慨。

「忸怩（じくじ）」

慚愧。對自身不夠爭氣的表現深感愧疚的樣子

語彙力等級 ★★★★★

解說 有些人會因為這個詞彙的讀音而誤以為是形容發怒或碎念煩惱的樣子，但其實是描述對自身作為感到羞恥的心境。

例句

気丈にしていたが、内心忸怩たる思いを抱えていたに違いない。

他雖然故作堅強，但內心一定感到非常慚愧。

情境
07 満足する

感到滿足。本單元蒐羅了形容期待或願望成真時感到幸福的詞彙。深入體會某事物，並感到滿足的說法，則為「醍醐味（だいごみ）を味わう（感受醍醐味）」。

「本望（ほんもう）」

得償所願。長久以來的願望實現而感到滿足

語彙力等級 ★☆☆☆☆

例句

多少給料が下がろうと、念願の現場配属だから、彼も本望だろう。

雖然薪資有點縮水，但能在心心念念的現場工作，對他來說也算得償所願吧。

解說 字面意義為平素的心願。相似的詞彙則有「本懐（ほんかい）」。經常被用來形容，長久以來的願望成真，感到無比滿足，無所遺憾的心境。

「会心（かいしん）」

志得意滿。事情如自身所期望般發展而感到滿意

語彙力等級 ★★☆☆☆

例句

さっきのプレゼンテーションは、会心の出来だった。

剛剛的簡報發表，實在表現得太令人滿意了。

解說 主要用來形容工作如預期般地順遂、事情的發展達到所期望的狀態等。經常會在棒球比賽的實況轉播聽到「会心のホームラン（不負期望地轟出全壘打）」等說法。

「満悦（まんえつ）」

心滿意足。因滿足而喜悅的樣子

語彙力等級 ★★★☆☆

例句

豪勢なもてなしを受け、至極ご満悦の様子だった。

受到大家盛情款待，他看起來無比歡欣滿足。

解說 這是形容需求獲得滿足，感到喜悅（悦（よろこ）び）的心境，與「満足」的意義相似。但表達自身的心境時會說「（私は）満足です（我感到心滿意足）」，而不太使用「満悦です」的說法。

「堪能（たんのう）」

盡興。充分體驗到某項事物而感到滿足

語彙力等級 ★★★★☆

例句

大変おいしい料理を堪能させていただきました。

有幸品嚐到如此美味的佳餚，實在吃得很盡興。

解說 這是由「足（た）んぬ（感到滿足）」所轉變而來的詞彙。至於「英会話に堪能だ（擅長英文會話）」的用法，則是與佛教用語的「堪能（かんのう）」混淆所衍生而出的。

情境 08

泣く

哭泣。形容哭泣的擬聲、擬態語有「しくしく（抽咽）」、「めそめそ（低聲啜泣）」、「ボロボロ（落下成串淚珠）」、「えーんえーん（哇哇大哭）」、「おいおい（放聲大哭）」等。每種哭法都有不同的描述方式。

「号泣（ごうきゅう）」 嚎啕大哭。指大聲哭泣

語彙力等級 ★☆☆☆☆

例句

勝敗が決まると、彼女はその場で号泣した。

勝負底定後，她當場嚎啕大哭。

解説 按捺不住滿腔的悲傷而放聲哭了出來。從号字聯想到号令（ごうれい）、怒号（どごう）等詞彙，便能清楚得知這是形容發出高分貝聲音的狀態。亦可用「慟哭（どうこく）」形容。

「嗚咽（おえつ）」 抽泣哽咽。低聲啜泣、抽抽噎噎地哭個不停

語彙力等級 ★★☆☆☆

例句

お別れの会では、ときどき嗚咽が漏れ聞こえた。

在追思會上，時不時聽到與會者所傳來的抽泣聲。

解説 努力不哭出聲來，哭得很傷心的樣子。形容再如何努力克制仍舊會發出吸鼻子，以及抽噎等的聲響。

「さめざめと泣(な)く」

涙如雨下。
涙流不止地哭泣

語彙力等級 ★★★☆☆

解說 這是從平安時代所流傳下來的擬態語。形容眼淚掉個不停，悄聲哭泣的樣子。也就是流下大量的眼淚而不發出聲音的哭法。

例句

彼女は、あの映画の終盤でさめざめと泣いたのが、実に美しかった。

她在電影結尾涙如雨下的模樣，實在美極了。

「血(ち)の涙(なみだ)」

痛哭流涕。
比喻悲痛欲絕地哭泣

語彙力等級 ★★★★☆

解說 自古以來日文有許多關於眼淚的形容。例如「袖が乾く間もない（涙溼衣袖）」、「枕が浮く（涙落枕將浮）」、「涙の川（涙流成河）」等。古人認為過度哭泣時，會流出帶血的紅色涙水。

例句

長年連れ添った妻に先立たれ、彼は血の涙を流した。

他因為結縭多年的妻子早一步離開人世而痛哭流涕。

情境 09 嘆く

悲嘆。一般認為「嘆き」是由「長息」一詞轉變而來的。如同字面意義所示，就是形容長長地嘆了一口氣，發出唉~這種嘆息聲的樣子。

「悼む」 哀悼。因人過世而哀傷

語彙力等級 ★★☆☆☆

例句

彼は社交的な人だったので、実に多くの人がその死を悼んだ。

他交友廣泛，許多人對他的死感到哀痛。

解說 這個字與「胸が痛む」這句話系出同源。意指因至親好友過世而心痛。「哀悼の意」、致哀「悔やむ（お悔やみ）」也是相當常見的說法。

「懊悩」 苦惱。憂愁煩惱

語彙力等級 ★★★★☆

例句

家族のことで懊悩するあまり、彼は仕事が手につかなくなった。

他對家人的事深感苦惱，完全無心工作。

解說 打從心底感到煩惱、掙扎的情緒。意指無法輕易對他人訴說，極度憂煩的狀態。同義語則有「煩悶」一詞。

「悔恨（かいこん）」

懊悔。感到後悔的情緒

語彙力等級 ★★★★☆

解說 形容對自身的過錯感到後悔，覺得懊惱的心情。反省自身疏忽大意、懈怠、不成熟等行為，對無法挽回的狀況感到嘆息。

例句

気にしなくていいと言われると、かえって悔恨の情が強まった。

被安慰無須對這件事耿耿於懷，反而令他更加感到懊悔不已。

「悲憤慷慨（ひふんこうがい）」

悲憤填膺。對社會的不公不義，以及自身所遭受的不平待遇感到憂慮

語彙力等級 ★★★★★

解說 「憤（訓讀：いきどおる）」與「慷慨（こうがい）」皆是形容對社會的不仁不義之事感到氣憤難耐的字彙。意指對不合理、荒謬的狀況感到悲嘆、憤怒。

例句

政治の停滞ぶりに悲憤慷慨する。

政治空轉停滯不前，令人感到悲憤填膺。

情境

10

願い、望む

心願、盼望。形容願望的詞彙極為豐富，像是「希望」、「要望」、「欲望」、「志望」等。交遞對方想要的物品時，會以「ご所望の品です（這是您所指定之物）」的說法來表示。

「野望」 野心。貪婪非分的欲望

語彙力等級

★☆☆☆☆

例句

彼の野望は、そのとき阻まれたのである。

他的野心在那時遭到阻攔。

解說 相似詞「野心」「野心作（野心之作）」，也能用來肯定當事人的企圖心或挑戰精神。「野望」則偏向強調與身分能力不相符的期望。

「懇願」 懇求。誠懇真摯地拜託對方

語彙力等級

★★★☆☆

例句

懇願に負けて、話だけは聞いてみることにした。

拗不過他的懇求，只好聽聽他怎麼說。

解說 使用「懇」字的四字詞語為「懇切丁寧」，意指熱心誠摯。因此懇願即為拚命拜託之意。相似詞則有「嘆願」、「哀願」。

「宿願（しゅくがん）」 宿願。長年的心願

語彙力等級 ★★★☆☆

例句

彼は昨年、宿願であった優勝を果たした。

他在去年終於一償宿願，摘下冠軍。

解說 從「宿命」一詞便可得知，「宿」包含了「長久以來」（佛教說法為「自前世以來」）的意思。相似詞則有「念願」、「悲願（ひがん）」等。

「垂涎（すいぜん）」 垂涎。非常想獲得某物的樣子

語彙力等級 ★★★★☆

例句

ファン垂涎の再演チケットを手に入れました！

我得到了粉絲垂涎已久的加場門票！

解說 只要知曉「涎」的訓讀為「よだれ」，應該就能立即看懂「涎が垂（た）れるほど（口水都要流出來）」之意。垂涎亦可用於食物以外的事物上。

情境11 自分の思いをはっきり言う

明確說出自身想法。日本人常常會因為諸多顧慮而選擇不說，或含糊其辭地帶過。本單元則蒐羅了明確表達自身想法的詞彙。

「豪語（ごうご）」

豪語。自信滿滿地說大話

語彙力等級 ★★☆☆☆

例句

今年度中に黒字化すると豪語した。

他發下豪語，要在本年度轉虧為盈。

解說 這是形容滿懷自信地宣稱自己相當有能力的樣子。明明沒有實力，卻誇下海口的情況，則稱為「大言壮語（たいげんそうご）」。

「直言（ちょくげん）」

直言。不隱瞞地直述其事

語彙力等級 ★★★☆☆

例句

直言させていただきますと、この事業には将来性はありません。

請恕我直言，這項事業沒有發展的可能性。

解說 意指不迂迴婉轉，明白說出意見或事實。形容即便可能會惹得對方不快，仍舊選擇實話實說的態度。

「極言（きょくげん）」

誇大其辭。
誇張又極端的說詞

語彙力等級
★★★☆☆

解說 形容斷然說出不保證能實現的事，或誇大事實的極端說法。亦指無所顧忌地明白說出想法。

例句

彼には、あえて極言し、話題を呼ぼうとするところがある。

他有時會刻意誇大其辭來引起話題。

「諫言（かんげん）」

諫言。對尊長提出勸諫

語彙力等級
★★★★☆

解說 面對上司或前輩也能直指不合理的情況。讀音相同的「甘言（かんげん）（取悅對方的好聽話）」則是完全相反的意思。

例句

諫言してくれる部下がいるのを幸せに思ったほうがよい。

下屬願意提出諫言，上司應該要感到欣慰才是。

情境 12

心奪われ、夢中になる

神魂顛倒，醉心著迷。日文中描述被某對象的魅力所迷倒的說法，遠比自主表達愛意的詞彙多，例如「心惹かれる（傾心）」、「慕わしい（愛慕）」等。

「やみつき」

上癮。十分熱衷，想停也停不下來

語彙力等級 ★★☆☆☆

例句

ほんの少しのつもりのお菓子が、やみつきになってしまった。

原本只打算吃一點點，但這零嘴卻愈吃愈上癮。

解說 這是經常被用來形容食物美味可口的詞彙。除此之外大多用來描述不太值得稱許的行為。畢竟這個字彙的語源為「病み付き（得病）」。

「骨抜き（ほねぬき）」

意亂情迷。深深著迷而失去操守或理性

語彙力等級 ★★☆☆☆

例句

多くの男性が、彼女に骨抜きにされてしまった。

許多男性都被她迷得暈頭轉向。

解說 此字彙經常用來形容被愛情沖昏頭的狀態。以主動語態「骨抜きにする」表示時，亦代表刪除法律或計畫的重要部分之意。

「恍惚（こうこつ）」

神魂蕩漾。
銷魂、陶醉不已的樣子

語彙力等級
★★★☆☆

例句

プリンを食べて恍惚の表情になる。

吃了布丁後一臉飄飄然。

解説 「恍」、「惚」的訓讀為「とぼける」。而且「惚」還可以讀成「ほうける（＝呆ける）」。形容醉心傾倒以致心神恍惚，難以自持的狀態。

「執心（しゅうしん）」

鬼迷心竅。嘲諷他人
被某對象迷昏了頭

語彙力等級
★★★★☆

例句

最近、彼はAさんにご執心のようだよ。

最近他似乎鬼迷心竅，眼裡只有A。

解説 使用「執」字的詞彙有「執着（しゅうちゃく）」、「固執（こしつ）」。這是指受不了他人一頭熱的樣子，而隱含嘲弄之意的詞彙。主要用來形容深受異性吸引的態度。

情境 13

愛する

愛。愛不僅限於戀愛，亦可代表對人感到珍惜重視的情感。形容愛的相關詞彙多半相當優美，然而過於喜愛可能會導致偏心……。

「溺愛」（できあい）

溺愛。形容過分寵愛

語彙力等級 ★★☆☆☆

例句

子どもをかわいがるのは重要だが、あまりに溺愛するのは考えものだ。

疼愛孩子固然重要，但過於溺愛則不應該。

解說 過於疼愛某對象時，便無法客觀地看待對方、反省自身的態度。這種失去理性的樣子又可稱為「盲愛（もうあい）」。

「慈愛」（じあい）

慈愛。溫柔仁慈，深沉的愛

語彙力等級 ★★☆☆☆

例句

彼の慈愛に満ちたまなざしに、どれだけ救われたことだろう。

他充滿慈愛的眼神，不知讓我得到多大的安慰。

解說 此字彙意指疼惜憐愛，就好比父母守護孩子那般。用來形容神祇等神聖至尊守護蒼生，或居上位之人所給予的無私大愛。

「愛情（あいじょう）こまやか」

無微不至的愛。
無比愛護，
悉心照料的樣子

語彙力等級
★★★☆☆

解說 こまやか亦可寫為「細やか」、「濃やか」。請讀者們想像一下濃烈的關愛被發揮到各種細節的景象。

例句

あの師匠はどの弟子にも、家族のように、愛情こまやかに接した。

那位師父對待每位徒弟如同家人般，給予無微不至的關愛。

「敬愛（けいあい）」

敬愛。尊敬並感到親近

語彙力等級
★★★☆☆

解說 如同「敬愛する恩師（敬愛的恩師）」的用法，此字彙是用來形容尊敬老師或前輩的態度。相較於「崇拝（すうはい）」、「畏敬（いけい）」，敬愛與對方的心理距離是更為接近的。

例句

父と同じ道に進んだのは、幼い頃から敬愛の念を抱いていたからだ。

之所以選擇與父親走同一條路，是因為我從小就敬愛他的緣故。

情境 14 感想

感想。詢問對方有何感想時,「您的印象如何?」與「想聽聽您的見解」這兩種不同的問法,應該能促使對方做出不同的回答。

「雑感(ざっかん)」

雜感。零散的感想。即興記錄當下想法的文章

語彙力等級 ★☆☆☆☆

例句

雑感を手帳に書き留めるようになってもう五年になる。

在記事本上寫下雜感的習慣已維持了五年。

解說 若為文章的話亦可稱為「随想(ずいそう)(隨筆)」、「エッセー(散文)」。「雑」含有「零碎不完整」的否定語意,因此不會以「雜感」來形容他人的想法。

「物言い(ものいい)」

反對意見。提出異議

語彙力等級 ★★☆☆☆

例句

不自然な状況から、その保険金の支払いには物言いがついた。

這件事的情況相當不自然,是否給付保險金仍有待研議。

解說 相撲比賽時,審判委員對行司的判定提出異議,乃此字彙的由來。有時則單純形容說話語氣,例如「穏やかな物言い(溫和的口吻)」。

「私見（しけん）」

一己之見。提出自身想法時，用來謙稱這只不過是個人見解

語彙力等級 ★★★☆☆

解說 「私」與「公」兩字為對比。如同「いささか私見を述べたい（稍微說一下個人見解）」的用法般，先表明這只不過是一己之見，再陳述看法。

例句

私見であるが、あの新商品はよくなかったのではないか。

依我來看，那項新產品應該不怎麼樣吧。

「心証（しんしょう）」

觀感。

某人的言行舉止予人的印象

語彙力等級 ★★★☆☆

解說 「心証をよくする／害する（觀感加分／欠佳）」應該是最常見的用法吧。法庭用語則是指法官對於需要證明的事實所抱持的認知。

例句

面接官の心証をよくするために、身だしなみを整える。

打點服裝儀容，以便讓面試官留下好印象。

COLUMN 1

字典新收錄的詞彙

被改編為電影與動畫的小説《啟航吧！編舟計畫》（舟を編む，繁體中文版由新經典文化出版），令編纂字典的工作受到大眾矚目。編輯人員無時無刻都在探索詞彙，捕捉新詞與新用法，蒐集相關用例，不厭其煩地琢磨每個詞語的定義——歷經無數與字詞奮戰的日子，才能編纂出作為詞彙的參考範本，抑或反映時代明鏡的字典。
比方説，對照日文辭典《廣辭苑》（岩波書店）第6版（2008年）與第7版（2018年）的新增項目時，便能發現其中包含了具有時代感的詞彙。

第6版　追加的新語例

「イケメン」
（字典寫作「いけ面」。指帥哥）、
「うざい（煩死了）」、
「ブログ（部落格）」、
「顔文字（表情符號）」、
「ニート（尼特族）」

第7版　追加的新語例

「自撮り（自拍）」、
「美品（狀況極佳的二手貨）」、
「クールビズ（涼爽上班衣著）」、
「ブラック企業（黑心企業）」、
「マタニティー・ハラスメント
（懷孕歧視）」

旗下擁有《新明解國語辭典》、《三省堂國語辭典》等知名字典的三省堂，亦固定主辦「字典編纂者嚴選 今年的新詞」活動。透過此企劃可一窺字典編纂者尋覓新詞的考究態度。

2015年

第1名　じわる（愈想愈好笑）
第2名　マイナンバー（身分證字號）
第3名　LGBT

2016年

第1名　ほぼほぼ（差不多是這樣）
第2名　エモい（很有感觸）
第3名　ゲスい（下流）

第2章

真心誠意地讚美對方

千篇一律地頻頻呼喊「すごい！（好厲害）」來表達稱讚之意時，只會顯得刻意不自然。最好還是能以具體說詞表達自身仔細觀察過後，感到佩服的地方。此外，即便是讚美之詞，有些卻不適合對尊長使用，還請讀者們確實學習、區分用法，讓溝通交流更為圓滑順利。

情境
15 頭がいい

頭腦好。有些人嚮往成為「學識（蘊蓄）淵博」之人，能隨時分享豐富知識；有些人則不追求豐富的知識，只希望自己「天資聰穎（地頭がいい）」。頭腦好也分成各種類型。

「利口」（りこう）

精明。
理解力強，深諳明哲保身之道

語彙力等級 ★★☆☆☆

例句

あいつは利口なヤツだから、まあうまく乗り切るだろう。

他這麼精明能幹，應該能順利過關吧。

解說 說兒童「お利口ね」是在誇獎其好聰明，但用在大人身上時，多半隱含嘲諷之意，意指此人深諳處世之道，長袖善舞。

「賢明」（けんめい）

賢明。睿智聰穎，
能做出符合當下狀況的判斷

語彙力等級 ★★☆☆☆

例句

新知事は、次々と改革に着手している。有権者は賢明な選択をした。

新知事大刀闊斧地進行改革。選民真是選對人了。

解說 意指明白事理並加以實踐。「明るい」為清楚看見事物之意，使用明字的詞彙還有「明晰（めいせき）」、「明快（めいかい）」、「明瞭（めいりょう）」等。

「聡明（そうめい）」

聰明。腦袋靈活，非常明白事物的道理

語彙力等級 ★★★☆☆

例句

根っからの学者の彼には、あれぐらい聡明な女性がよく似合う。

他是天生的學者，與如此聰明的女性相當匹配。

解說 「聡」的部首之所以為耳，正是形容聽得很清楚的樣子。此字彙代表耳聰目明，具有一點就通的智識。

「当意即妙（とういそくみょう）」

機靈妙答。掌握事情脈絡，即刻說出適切言論的反應

語彙力等級 ★★★★☆

例句

トーク番組では、当意即妙な受け答えのできる芸人が重宝される。

在談話性節目中，反應靈敏妙語如珠的諧星藝人會備受器重。

解說 此字彙指的是頭腦靈活，能迅即針對當下狀況做出反應的聰明人。這類型的聰慧又稱為「機知（きち）」、「ウィット」（皆為機智之意）。

情境 16 仕事や作品の出来がよい

工作表現或作品傑出。各種社群平台皆設有按「讚」功能，然而實際上，有時稱讚他人無法光靠這個字來表達，需要更細膩的語感來描述。

「極上（ごくじょう）」 極品。品質非常優良

語彙力等級 ★☆☆☆☆

例句

極上の料理に舌鼓（したつづみ）を打った。

極品佳餚令人吃得津津有味。

解說 極為「極（きわ）めている（達到頂點）」之意，因此可說是最上等之物。「とびきり」、「格別」、「至高」等也是形容事物特別出色優秀的詞彙。

「精彩を放つ（せいさいをはなつ）」 大放異彩。狀況佳，實力卓絕的狀態

語彙力等級 ★★☆☆☆

例句

今日のH君はいつにも増して精彩を放っていたね。

H今天大放異彩，更勝以往呢。

解說 「精彩」也可寫成「生彩」，形容生動活潑充滿活力的樣子。描述狀況欠佳的反義說法則為「精彩を欠（か）く」。

「凌駕（りょうが）」 凌駕。超越、勝過其他

語彙力等級 ★★★☆☆

例句

あのベンチャー企業はもはや老舗企業も凌駕し、シェア一位を誇る。

那家新創企業已凌駕老字號企業之上，坐擁市占率第一的傲人成績。

解說 「凌」字的訓讀為「凌ぐ（しのぐ）」，意指超越其他，取得壓倒性領先的狀態。不光只是勝出而已，還呈現出強勁的氣勢。

「出色（しゅっしょく）」 出色。超群，相當搶眼

語彙力等級 ★★★★☆

例句

今月の舞台では、Sという役者の演技が出色であった。

S這名演員在本月的舞台劇展現了出色的演技。

解說 這不是指與其他相較之下，還算勉強可以的程度，而是形容在群體之中，令人眼睛為之一亮，既有特色又優秀的表現。

情境 17

魅力がある

有魅力。有句話叫「華がある（具有迷人的風采）」。指的是能瞬間為現場增添光彩，予人強烈印象的巨星風華。有些人則是有實力但缺乏風采，相當可惜。

「魅了（みりょう）する」

令人傾倒。
讓人深受吸引而無法自拔

語彙力等級 ★☆☆☆☆

例句

彼の歌声は、会場を埋め尽くす聴衆を魅了した。

他的歌聲令會場滿滿的聽眾如癡如醉。

解說 美貌或技藝超群，令所見所聞者陶醉不已的樣子。相似詞則有「引きこむ（引人入勝）」、「心をとらえる」、「心を掴（つか）む」（皆為抓住、吸引人心之意）。

「カリスマ性（せい）」

個人魅力。
令許多人著迷、
為之瘋狂的奇特魅力

語彙力等級 ★★☆☆☆

例句

指導経験はないが、カリスマ性でチームを引っ張っている。

他雖然沒有指導經驗，但憑藉個人魅力帶領團隊。

解說 常見於英雄或宗教領袖，形容令大眾感到心醉，超乎凡人、罕見甚至神祕的魅力。

「魅惑的（みわくてき）」

誘人。
太有魅力，甚至能誘惑人心

語彙力等級
★★☆☆☆

例句

姫の魅惑的な微笑みに、彼らは虜になった。

那位大家閨秀巧笑倩兮，令一票公子為之傾倒。

解說　令對方失去理智的強烈吸引力。經常被用來形容小惡魔般的女性魅力，抑或指性感魅力（不分性別）。

「求心力（きゅうしんりょく）」

向心力。讓人願意追隨，能成為組織領袖或團體中心人物的力量

語彙力等級
★★★☆☆

例句

新監督には、前監督ほどの求心力はない。

新教練不像前任教練般能凝聚團隊的向心力。

解說　與「遠心力（えんしん）」相反，意指往中央聚攏的力量。用來形容有人望、管理能力出色，能統領組織的人物。

情境 18

人柄が優れている

人品好。本單元蒐羅了形容品格高尚，令人想當作學習榜樣的詞彙。古人十分推崇這樣的品行，並透過《論語》、《大學》等典籍來學習修身養性之道。

「好人物（こうじんぶつ）」

好心人。性情溫和的好人

語彙力等級 ★★☆☆☆

例句

見るからに好人物そうなオーナー夫妻が出迎えてくれた。

看起來人很好的老闆夫妻出來迎接我們。

解說 為人善良、親切，不耍壞心眼。相似詞「お人よし（大好人）」還能用來揶揄他人容易受騙上當的性格，但這個詞彙則不具有這樣的語意。

「真人間（まにんげん）」

為人正派。

遵守道德規範，品行端正的人

語彙力等級 ★★★☆☆

例句

そろそろ年も年だし、真人間にならないとな、と思うんだ。

想想也老大不小了，是時候該洗心革面好好做人。

解說 意指腳踏實地，奉公守法過日子的人。不過量飲酒、不沉迷賭博或風流韻事，潔身自愛的生活態度。

「有徳(うとく)」

品德高尚。言行舉止有美德而能成為楷模

語彙力等級 ★★★★☆

例句

彼は、今どき稀な、有徳の孝行者であった。

他是如今難得一見，品德出眾的孝子。

解說 有德除了「うとく」之外亦可念作「ゆうとく」。形容性格、品德良好，並加以發揮實踐的作為。此外，「有徳人(うとくじん)」在從前則代表有錢人之意。

「高潔(こうけつ)」

高風亮節。品格高尚、氣節堅貞

語彙力等級 ★★★★☆

例句

Ｉ氏は、社会貢献の志の元に事業を推進する高潔の士である。

Ｉ是一位高風亮節之士，以回饋社會為職志來推展事業。

解說 意指品行出眾，散發出非凡的氣度。內心沒有汙穢，予人恪守道德、清廉的印象。相似詞則有「人格者」、「廉潔(れんけつ)の士」。

情境 19

人としての器が大きい

為人大氣。領導者不僅要有能力，還必須具有令人想追隨左右的人格魅力。除了本單元所介紹的詞彙外，還有「肝（っ玉）の据わった」（詳見69頁）、「漢気（おとこぎ）のある（有男子氣慨）」、「骨のある（有骨氣）」等説法。

「寛容（かんよう）」

為人寬厚。

不會為小事發怒，心胸寬廣

語彙力等級 ★☆☆☆☆

例句

新人育成を担当するときには、寛容の精神をもって当たらなくては。

負責教育新人時，必須秉持著寬容的心態。

解説 寬以待人，予以包容的態度。相似詞為「寛大（かんだい）」。一般會用「寛容する（予以寬容）」來表達，而不說「寛大する」。

「度量（どりょう）の大（おお）きい」

度量大。

廣泛包容他人的胸襟

語彙力等級 ★★☆☆☆

例句

度量の大きい担任の先生に、生徒は親しみを持っている。

班導師心胸寬廣，學生們都樂於與他親近。

解説 「度」代表長度，「量」為容積。此字彙源自測量容積的小木盒（枡（ます）），後成為描述包容他人、器量大的用詞。

「鷹揚（おうよう）」

從容沉著。不拘泥小事，悠然豁達，舉止優雅的樣子

語彙力等級 ★★★★☆

例句

島の人は、鷹揚に構え、あくせくしない。

島民性格從容沉著，不拘小節。

解說 此字彙源自老鷹悠然翱翔天際的姿態。在歌舞伎的世界，每逢年輕演員擔任主角，或童星出道初登場之際，便會向觀眾表示「鷹揚のご見物（けんぶつ）を（初出茅廬，懇請海涵）」。

「豪放磊落（ごうほうらいらく）」

豪放不羈。不斤斤計較，豪邁又直爽的性格

語彙力等級 ★★★★★

例句

昭和の大スターのような豪放磊落な人物は少なくなった。

像昭和時代的巨星那樣性格豪放不羈的人物愈來愈少了。

解說 豪爽大肚，不拘泥小事，開朗爽快之人。與「鷹揚」不同，主要用來形容氣度豪邁，有膽量的人物。

情境 20

活躍する

活躍。「さすが（果然厲害）」是用來讚美他人的詞彙之一。意指發話者根據以往的經驗，已料到當事人肯定能有好表現，接著事情也果真如此發展而感到敬佩。

「水を得た魚のように」（みずをえたうおのように）

如魚得水。在適合自己的環境，充分發揮能力

語彙力等級 ★☆☆☆☆

例句

彼も現場に戻ってからは、水を得た魚のように働いているんだとか。

他再度回鍋現場工作後，彷彿如魚得水般地快活。

解說 魚一般讀作「うお」。此字彙形容能融入職場或大環境而顯得生龍活現的樣子。相反地，無法適應該環境，提不起勁的狀態則稱為「水が合わない」。

「健闘」（けんとう）

奮戰到底。面臨艱辛的狀況或強敵，驍勇戰鬥

語彙力等級 ★★☆☆☆

例句

時間のない中では、十分に健闘したほうだと思うよ。

在時間不夠的情況之下，能這樣奮戰到底已經很不錯了。

解說 這是用來讚揚他人使出全力拚戰的詞彙。大多用於最終落敗或結果不盡人意的情況。

「面目躍如」（めんもくやくじょ）

大展身手。充分發揮當事人的特色或強項

語彙力等級 ★★★☆☆

解說 「面目」指的是個人在社會上所獲得的評價。此詞彙則是形容當事人的工作表現符合外界所給予的評價，名符其實，沒有砸了招牌。亦可稱為「本領発揮（ほんりょうはっき）」、「真骨頂（しんこっちょう）」。

例句

あれは、塗装の老舗たるK社にとって、面目躍如のよい仕事だった。

這對塗裝老字號的K公司來說，完全就是能夠大展身手的工作。

「獅子奮迅」（ししふんじん）

勇猛奮鬥。氣勢猛烈地做出行動

語彙力等級 ★★★★☆

解說 獅子被譽為百獸之王。此詞彙便是取自獅子奮起，迅猛進攻的姿態。形容氣勢萬千，意氣風發的狀態。

例句

人が足りずに苦労したが、彼の獅子奮迅の活躍で何とか乗り切った。

雖然因為人手不足而吃盡苦頭，多虧他卯足全力拚搏，總算度過難關。

情境21
評判

評價。近年來出現了「バズる（爆紅）」這個詞彙。意指突然引起爆炸性好評的狀態。形容在網路上，尤其是在社群平台上蔚為話題的情況。

「トレンド」

流行趨勢。
符合當今的時代潮流，
獲得好評的事物

語彙力等級
★☆☆☆☆

例句
女子高生のトレンドはめまぐるしく変わる。
女高中生的流行趨勢瞬息萬變。

解說 此字彙指的是穿搭或各種服務的流行與傾向，意即時代趨勢。股市相關走勢則可用「上昇トレンド（上漲趨勢）」、「下降トレンド（下跌趨勢）」來表示。

「定評がある」

有一定的口碑。長期受到
肯定，擁有穩定的評價

語彙力等級
★★☆☆☆

例句
あの業者は、品質に定評がある。
那家業者的品質擁有一定的口碑。

解說 此字彙指的是透過長年以來的實績，深獲信賴，無法輕易被撼動的評價。而廣獲大眾好評的商家則稱之為「ブランド（品牌）」。

「人望(じんぼう)が厚(あつ)い」

受人愛戴。為人處事受到他人景仰、尊敬

語彙力等級 ★★☆☆☆

解說 用來形容具有讓下屬或周遭人們覺得「想追隨其左右！」的魅力。意即真誠可靠的人物。

例句

人望が厚い上司のもとでは、チームが一丸となりやすい。

上司有人望時，團隊也比較容易齊心協力。

「声望(せいぼう)が高(たか)い」

聲望很高。世人給予高度評價

語彙力等級 ★★★☆☆

解說 「声望」指的是世人所給予的好評（名聲）與人望。「声望がある（有聲望）」、「声望を集める（集聲望於一身）」也是常見的用法。

例句

再建請負人として声望が高い彼は、複数の企業の顧問を務めている。

聲望很高，被譽為重生推手的這名人士，同時擔任好幾家企業的顧問。

情境

22

元気な様子

朝氣蓬勃。「元気」也能用來形容體能，然而精神奕奕才能予人健康有朝氣的印象。本單元則蒐羅了形容他人充滿活力的詞彙。

「精力的（せいりょくてき）」 精力過人。精神、體力充沛

語彙力等級 ★☆☆☆☆

例句

部長は仕事にも趣味にも精力的だ。

部長無論是面對工作或興趣皆展現出過人的精力。

解說 興致勃勃地廣泛參與各種事物的活力。也可用來形容對一件事積極傾注心力的樣子，例如「改革に精力的に取り組む（不遺餘力地進行改革）」。

「溌剌（はつらつ）」 生氣勃勃。充滿活力的樣子

語彙力等級 ★★☆☆☆

例句

いくつになっても、溌剌とスポーツを楽しみたい。

不管活到幾歲，都想活力滿點地從事各項運動。

解說 原本是描述魚類活蹦亂跳的樣子。後用來形容年輕朝氣洋溢，動作也靈敏帶勁的狀態。

「清新（せいしん）」

清新。新加入的生力軍，予人新鮮、年輕的印象

語彙力等級 ★★★☆☆

解說 以外來語表示即為「フレッシュ（fresh）」，就像注入新鮮又清爽的氣息那樣。這是以正面肯定的方式來形容成員以年輕一輩為中心的情況。

※經典重現！羅密歐＆茱麗葉製作發表會

例句

キャストを一新し、不朽の名作を、清新な顔ぶれでお届けします。

卡司陣容煥然一新，將以嶄新的風貌為大家獻上這部不朽名作。

「意気揚々（いきようよう）」

意氣風發。充滿喜悅與自信的態度

語彙力等級 ★★★★☆

解說 這個詞彙生動地傳達出懷抱自信做出行動，並感到自豪的語意。予人磊落大方之感，而不具有臭屁、惹人厭的負面觀感。

例句

商談を成功させ、意気揚々と会社に戻ってきた。

他談成這筆生意，意氣風發地回到公司。

情境 23

珍しい

新奇罕見。舉止作風與一般大眾極為不同之人，稱為「風変わり」。其相似詞「異色」則帶有正面肯定的語意，形容擁有搶眼的特色，而且令人感興趣的風格。

「ユニーク」

獨特。與眾不同。

特異、有個性

語彙力等級 ★☆☆☆☆

例句

ユニークな発想力が加わったことで、企画に新風が吹き込まれた。

這項企劃融入獨特的發想，令人耳目一新。

解說 形容感性或性格特異，獨一無二。有時也會用來諷刺作風古怪、缺乏常識之人。

「稀有」

稀有。少有、不常見

語彙力等級 ★★☆☆☆

例句

全く企業風土の異なる二社の合併がうまくいった稀有な例であろう。

兩家風氣截然不同的企業能如此順利合併，實在難得一見。

解說 不常看見，令人感到稀奇的狀態。無論肯定（很厲害、很珍貴）或否定（怪異）說法皆能以此字彙形容。亦寫作「希有」。

「珍重」（ちんちょう）

珍視。因為罕見而相當愛護

語彙力等級
★★★☆☆

例句

子持ち鮎は、独特の食感ゆえに珍重されている。

帶卵香魚因為獨特的口感而備受珍視。

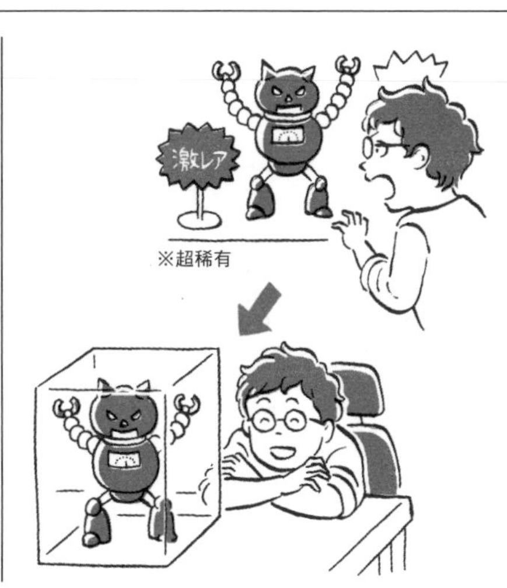

※超稀有

解說　意指珍惜愛護的樣子。經常被用來形容食材或骨董等物品。表達慶幸擁有珍貴人才時也能使用此字彙。

「前代未聞」（ぜんだいみもん）

前所未聞。
以往從未見過的情況

語彙力等級
★★★☆☆

例句

入社後半年で、プロジェクトリーダーを任されるのは前代未聞だ。

剛進公司半年便被提拔成為專案經理，此乃前所未聞之事。

解說　同樣表示驚奇的詞彙有「未曾有」、「空前絶後」、「前人未踏（到）」（前人未至之境），但「前人未踏」只能用於肯定說法。

※吃到飽挑戰金氏紀錄　世界最大的百匯

情境 24 しっかりと強い様子

堅實穩固。形容一個人令人感到安心可靠的擬態語為「どっしり」。另外，體格壯碩則是「がっしり」、緣分或合作關係深厚則為「がっちり」。

「不動（ふどう）」

穩如泰山。人氣或實力穩固，地位不受他者威脅

語彙力等級 ★☆☆☆☆

例句

年々シェアを伸ばし、国内外で不動の地位を築いたのである。

市占率年年攀升，在國內外建立穩如泰山的地位。

※穩坐人氣冠軍 玩具貴賓狗

不動の人気1位 トイプードル

解說 形容無法輕易被撼動，已建立起穩定的人氣或地位的情況。還有「不動のものとする（鞏固地位）」的用法。

「地（ち）に足（あし）のついた」

腳踏實地。態度務實穩健

語彙力等級 ★★☆☆☆

例句

大きな夢を語るのもいいが、地に足のついたプランも考えてくれ。

別光顧著談論遠大的夢想，先想一下腳踏實地的方案吧。

解說 意指雙腳確實踏在地面上。形容不流於不切實際，務實又穩重的樣子。

「胆(きも)の据(す)わった」

有膽識。心理素質強大，為人可靠

語彙力等級 ★★☆☆☆

解說 遇事不會動搖，個性沉著穩重。類似說法則有「肝っ玉の据わった」、「心臓に毛の生えた」「度胸のある」等。

例句

一喜一憂する人より、肝の据わった人のほうがリーダーに向いている。

相較於情緒隨著各種情況上下起伏的人，老神在在者較適合擔任領袖。

「盤石(ばんじゃく)」

穩如磐石。
沒有縫隙可鑽，牢固穩定的樣子

語彙力等級 ★★★☆☆

解說 從「岩盤(がんばん)」、「地盤(じばん)」等詞彙便可得知，這指的是平坦又巨大的岩石。用來形容事物如同巨石般堅固穩定。亦寫作「磐石」。

例句

競争激化が見込まれるため、さらに盤石な体制を整えて臨みたい。

可預見競爭將會白熱化，必須建構更穩固的體制來應戰。

情境25 便利である

方便。コンビニエンスストア（便利商店）的「コンビニエンス」一詞源自英文convenience，代表方便、便捷之意。目前在日本國內約有六萬家超商，已是民眾生活中便利又不可或缺的存在。

「好都合（こうつごう）」 適宜。正好符合條件

語彙力等級 ★☆☆☆☆

例句

延期していただいたほうが、こちらとしても好都合です。

延期的話，對我來說反而剛好。

解說 一般而言，此字彙並不是指方不方便，而是就自己（我方）的立場來看，剛好符合理想條件。完全符合期望，分毫不差則稱為「おあつらえむき」。

「徳用（とくよう）」 特惠。價格便宜又實用

語彙力等級 ★☆☆☆☆

例句

つい、お徳用パックを買うのだが、使い切れず余らせてしまう。

每次都會忍不住買特惠包，但都用不完還有剩。

解說 就好比「單包價為十個300日圓，特惠包為十入250日圓」那樣，意指方便又有優惠。整體而言相對便宜（割安(わりやす)）。

「便宜（べんぎ）」

圖個方便。

為符合需求、配合目的所做的處置

語彙力等級 ★★☆☆☆

例句

正式名称で記すべきだが、便宜上、略称で記すことをお許し願いたい。

本該以正式名稱來表示，但為求方便，請容許我以簡稱記載。

SJ號※
歡迎搭乘！
未來的運輸工具
※Super high decker miracle Jet stream號

解說　常見的用法為「便宜を図ってもらう」。指透過斡旋、關說等方式，調整到符合理想的狀態。

「重宝（ちょうほう）」

當作寶。方便好用而愛用

語彙力等級 ★★★★☆

例句

Nさんはパソコンまわりに詳しく、みんなに重宝がられている。

N很懂電腦方面的知識，因此得到大家的重用。

※萬用去汙清潔劑

解說　原為貴重寶物之意，在現代則是指如同寶物般受到重視。此外，亦可形容熱愛某項便利好物的情形。

情境

26

ある物事が褒められる

受到讚揚。受到尊長稱讚時，可用「お褒めにあずかる」的說法來表示，這句話也請讀者順便學起來。被誇獎時，則以「お褒めにあずかり、光栄です（能獲得您的稱讚，深感光榮）」來表達謝意。

「称賛を浴びる」

備受稱讚。

廣獲認同，佳評如潮

語彙力等級 ★☆☆☆☆

例句

彼の監督最新作は、これまでにない称賛を浴びた。

這位導演的最新作品，獲得了超乎以往的讚譽。

※言葉學榮獲諾貝爾文學獎

※終於如願獲獎，書迷狂喜

解說 亦寫作「称賛」、「賞賛」、「賞讚」。其他形容受到世人推崇的說法，還有「脚光を浴びる（鎂光燈焦點）」、「今を時めく（聲勢正旺）」、「時代の寵児になる（一舉成為時代寵兒）」。

「拍手喝采を浴びる」

獲得掌聲喝采。

他人以拍手、歡呼的方式表示讚揚

語彙力等級 ★★☆☆☆

例句

舞台は好評を博し、カーテンコールでは拍手喝采を浴びた。

這齣舞台劇博得滿堂彩，在謝幕時獲得如雷掌聲與喝采。

解說 當舞台布幕垂下時，觀眾多半會鼓掌喝采。除了拍手之外，還高呼「太棒了」等以示稱讚即為「喝采」。

「お墨（すみ）つきをもらう」

獲得認證。獲得權威的認同

語彙力等級 ★★★☆☆

例句

原作者のH先生からお墨つきをもらったキャスティング。

這是獲得原作者H老師認證的選角結果。

解說 在武士治國的時代，諸侯會在交付家臣的文書上蓋上「花押（かおう）」。也就是以墨水寫成，代替簽名的符號。後來則演變為獲得在上位者保證之意。

※有口皆碑美食導覽手冊百大名店

「激賞（げきしょう）される」

激賞。極為讚賞

語彙力等級 ★★★★☆

例句

ある大物芸人に激賞されたのを機に、彼はブレイクした。

自從獲得那位演藝圈大老的激賞，他便一炮而紅。

解說 「賞」的訓讀為「ほめる」、「めでる」。在產品介紹文中加入此詞彙更有助於宣傳，例如「Aさん激賞！（A讚不絕口！）」

情境27 やわらかい

柔軟。日文有句四字詞語為「四角四面（しかくしめん）」，形容非常拘謹嚴肅的樣子。本篇則蒐羅了與此相反的詞彙。外來語則有「ソフト（柔軟）」、「マイルド（柔和）」。

「人当（ひとあ）たりがよい」

和藹可親。
予人溫柔隨和的印象

語彙力等級 ★☆☆☆☆

例句

いつ買い物に行っても、人当たりがよい店員が接客してくれる。

無論何時去消費，店員總是和藹可親地待客。

解說 「人当たり」指待人接物的態度。整句是指身段軟，令人有好感。其他還有「物腰がやわらかい」、「物やわらかだ」（皆為有親和力、隨和之意）、「人柄が丸い（處事圓融）」等說法。

「柔和（にゅうわ）」

柔和。
長相或氣質溫柔

語彙力等級 ★★☆☆☆

例句

柔和なまなざしの彼女は、若い人から母のように慕われている。

慈眉善目的她，被年輕人視為母親般敬慕。

解說 散發出溫柔和煦的氣質。意即儀態沉穩從容。相似詞有「温厚（おんこう）」、「温和（おんわ）」、「穏便（おんびん）」等。

「フレキシブル」

有彈性。能根據狀況變通，靈活柔韌

語彙力等級 ★★☆☆☆

例句

マニュアルに固執せず、顧客の顔を見てフレキシブルに接客する。

不被SOP綁死，懂得臨機應變地處理顧客需求。

解說 意指能適時調整想法或體制。經常被用來形容員工可自由選擇上下班時間的職場環境，例如フレックスタイム制（彈性工時）等。

「可塑性(かそせい)が高(たか)い」

可塑性高。想法等方面還有成長改變的餘地

語彙力等級 ★★★★☆

例句

二十代のうちは可塑性が高いから、転職しても、組織に適合しやすい。

在二十幾歲的階段仍具有很高的可塑性，即便轉職，也較易融入組織。

解說 可塑性從科學的觀點來解釋為「施力令固體變形後，形體會產生不可逆變化的性質」，但在日常用法中，則代表「尚有改變的空間」。

情境

28

勇ましい

英勇。日文版《麵包超人》的主題曲為《勇気りんりん》。這個「りんりん」可不是擬聲詞，而是形容威風凜凜，氣勢十足的樣子。

「勇敢（ゆうかん）」

勇敢。不畏對方比自己強大，正面迎戰的態度

語彙力等級 ★☆☆☆☆

例句

巨悪にもひるまず、勇敢に立ち向かう。

不畏惡勢力，勇敢迎戰。

解說

「敢」的訓讀為「敢（あ）えて」，在「果敢（かかん）」、「敢闘（かんとう）」等詞彙中也可見到其身影。面對嚴峻的情勢，仍勇往直前之意。

「凜々しい（りりしい）」

英姿煥發。莊重、值得信賴的態度

語彙力等級 ★★☆☆☆

例句

子どもだと思っていたが、いつの間にか凜々しい若者に成長した。

昔日的孩子曾幾何時已成長為英姿煥發的年輕人。

解說

端莊穩重的態度。這是用來稱讚年輕人氣魄的詞彙，鮮少用來形容壯年、老年以及邋遢不修邊幅之人。

「猛然（もうぜん）」

勇猛。來勢洶洶的樣子

語彙力等級 ★★☆☆☆

例句

次の瞬間、猛然と階段を駆け上がったのである。

在下一瞬間，他拔腿沿著樓梯往上狂奔。

解說 突然氣勢猛烈地動作，用來形容奔跑、急起直追的樣子。生動展現出充滿力道與野性的況味。

「豪胆（ごうたん）」

大膽。膽量十足的樣子

語彙力等級 ★★★☆☆

例句

甲子園独特の緊張などとは全く無縁の、豪胆な選手である。

這位選手相當大膽，完全不被甲子園獨特的緊張氣氛所影響。

解說 膽識過人，不會因一點狀況就感到動搖。形容強韌、大無畏的樣子。

COLUMN 2

讀音相同，但源自不同英文單字的外來語

翱翔天際的「fly」與油炸的「fry」，皆讀作「フライ」，正是日文外來語令人感到困擾的地方。本專欄則列舉了一些以片假名標記時字面完全相同，但源自不同英文單字的詞彙。不知讀者們是否也曾誤以為這些單字系出同源呢？

「クラウド」サービス

雲端服務。英語為cloud service。形容位於雲（cloud）的另一端。近年來利用雲端服務，將檔案存放於網路上進行共享、活用的情況愈發普及。

「クラウド」ファンディング

群眾募資。英語為crowdfunding。此乃新創詞彙，意指向群眾（crowd）募集資金（funding）。這與透過銀行或投資人籌措大量資金不同，而是在網路上募集支持者，由大眾少額捐款贊助。

「ファ(ー)スト」フード

速食。英語為fast food。意即點餐後便能立刻獲得供應的簡便餐點。由於出餐迅速，故為fast。快速引進最新流行風格的快時尚（ファーストファッション）也是fast。

「ファースト」クラス

頭等艙。英語為first class。意即飛機最豪華的艙等。取自代表頭等的first（1st）。大部分的航空公司皆將座位等級分為頭等、商務、經濟艙。

「ドッグイヤー」

英語為dog year。據稱狗的一年相當於人類的七年。這是以狗的成長速度來比喻IT業界技術發展飛快的詞彙。

「ドッグイヤー」

書頁的折角。英語為dog ear。意指以折書角的方式來取代書籤或作為重點標示。亦作「ドッグイア（ー）」。

第 3 章

精準地描述狀況

近年來透過電子郵件聯絡與協商討論的情況愈見頻繁。面對面交談或講電話時，多半能藉由表情或語氣得知對方的反應，但電子郵件只能靠文字來傳達。欲精準地描述狀況，就必須具備一定程度的語彙能力。遣詞用字會左右訊息予人的印象，透露出發信人對這件事抱持著肯定或否定的看法。

情境 29

普通

普通。顯得稀鬆平常，沒有太大特徵即為「普通」。有些人嫌棄普通，有些人則嚮往普通。也因為這種認知上的差異而衍生出豐富的語彙。

「一般（いっぱん）」 一般。大致來說沒有特殊的地方

語彙力等級 ★☆☆☆☆

例句

企業の週休二日制が一般化したのは意外に遅く、一九九〇年代だ。

日本企業的週休二日制度意外地很晚普及，直到一九九〇年代才常態化。

解說 整體所呈現的狀態。即便有少許例外，但大致上不脫此傾向時，便可稱為「一般的」。標準更嚴格，具共同性質的則稱為「普遍的（ふへんてき）」。

「凡庸（ぼんよう）」 平庸。平凡，缺乏魅力

語彙力等級 ★★☆☆☆

例句

自分のような凡庸な人間には思いつかないアイデアです。

像我這樣資質平庸的人，不可能想出這樣的點子。

解說 形容缺乏耀眼才能或魅力的人事物。意即平凡。勿與字面和發音相似的「汎用（はんよう）（將一項東西廣泛應用於各方面）」混淆。

「常套（じょうとう）」

老套。

很經典的做法，但已太過氾濫

語彙力等級

★★★☆☆

解說 此字彙與「定番（基本款）」、「オーソドックス（傳統的）」、「正統派」等不同，含有過於氾濫、被用到爛的批判語意。其他還有常套手段（だん）、常套句（く）等說法。

例句

常套句ではつまらないので、凝った言いまわしを考え抜いた。

因為陳腔濫調很乏味，所以我精心設計出有創意的說法。

「おしなべて」

概括而言。

大致上、整體來說

語彙力等級

★★★★☆

解說 這是從押し均（なら）す（推平、推勻）的動作所衍生而出的詞彙。在現代則如同「おおよそ」、「だいたい」、「概（がい）して」（皆為大致、大概之意），用來指稱整體傾向。

例句

昨年立ち上げた新規事業はおしなべて好調である。

去年成立的新事業，概括而言發展得還不錯。

情境30 はじまり

起始。形容起始的詞彙，除了單純表示在時間上、順位上為最初之意，還有描述事情的開端、原因的用法。一起透過例句來了解箇中差異。

「冒頭」（ぼうとう）

開頭。
文章、聚會、談話的最初部分

語彙力等級 ★☆☆☆☆

例句

会の冒頭で、ご挨拶いただく予定です。

我們會安排您在宴會開場時致詞。

解說 「冒頭で述べた通り」指的是：如同文章開頭所述之意。「冒頭から」亦可稱為「のっけから」。

「初手」（しょて）

第一步。
對策的展開、企劃開始執行

語彙力等級 ★★☆☆☆

例句

初手を間違うと、解決に時間がかかってしまう。

若踏錯第一步，就得花很多時間解決。

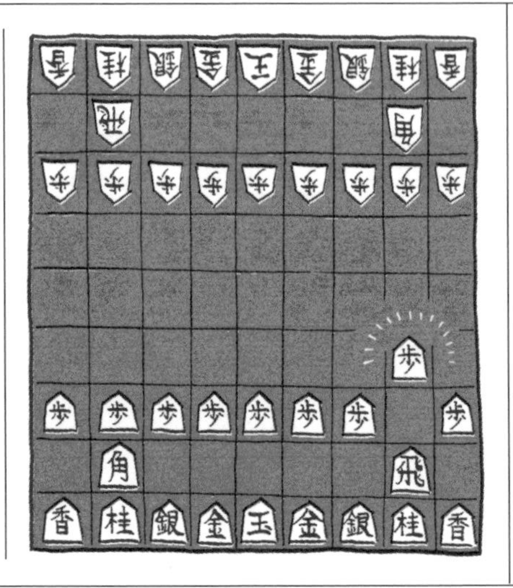

解說 原指圍棋或將棋的開局第一手。後轉變為形容著手進行某事物時最初的做法。

「端緒（たんしょ）」 開端。事情的起源、契機

語彙力等級 ★★★☆☆

例句

製品Tの共同開発が、今日に至る両社の協力関係の端緒を開いた。

產品T的共同開發，是促成兩家公司攜手合作至今的開端。

解說 這是由端（はし）與緒（いとぐち）（線頭與線尾）這兩個近義字所組成的詞彙。此外，有些人會將發音讀成「たんちょ」，這其實是錯誤的念法。

「黎明（れいめい）」 草創。新文化或新領域剛開始起步，尚未具體成形的階段

語彙力等級 ★★★★☆

例句

インターネット黎明期には、今では考えられない利用法が見られた。

在網際網路的草創期，曾出現過如今已完全被淘汰的用法。

解說 這是代表破曉、天亮之意的詞彙。取太陽尚未出來的涵義，形容某領域尚未具體成形的時期為「黎明期」。

3. 精準地描述狀況

情境 31 はやく

急切。以本單元所舉的詞彙為例，針對規定或指示提出說明時，緊急程度依序為①至急（ただちに）、②可及的速やかに、③遅滞なく。

「至急（しきゅう）」

盡速。
非常急迫的狀況，十萬火急

語彙力等級
★☆☆☆☆

例句

未返却の機材がある場合は、至急、運営本部までご返却ください。

若有未歸還的器材，請盡速送回管理單位。

解說　這是用來呼籲當事人收到消息後，立即放下手邊的事，刻不容緩地採取行動的詞彙。「ただちに」的說法亦然。

「程（ほど）なく」

不多久。過沒多久的時間

語彙力等級
★★☆☆☆

例句

パンフレットも程なくできあがる予定です。

宣傳手冊再過不久就會完成。

解說　雖未點明具體時期，但無須等太久之意。相似詞為「間もなく」、「遠からず」（皆為即將之意）。此字彙不可用於要求或催促等情形，因此不說「程なく返せ」。

「可及的速やかに」（かきゅうてきすみ）　盡可能快速處理

語彙力等級
★★★★☆

例句

可及的速やかに残金をお支払いいただきますようお願いします。

請您盡快付清剩餘款項。

解說　「可及的」代表能力所及之意。這句話是指，或許會因為許多因素而無法立即配合，但籲請當事人在可能的範圍內以最快的速度完成。

「遅滞なく」（ちたい）　不拖延。沒有因為懈怠而延誤

語彙力等級
★★★★★

例句

お客様の個人情報は、お取り引きの完了後、遅滞なく破棄します。

在交易完成後，我們會即刻刪除顧客的個人資料。

解說　「遅滞」意指停滞不動。「遅滞なく」代表不拖拖拉拉，在符合常理的時程範圍內完成。是經常被用於規約或手續文件的詞彙。

情境32　かんたん

簡單。入學考試的難度提升、難度降低是很常見的說法。即便一般認為難度降低，但有時對當事人而言卻備感困難。只能說，很難以客觀的角度來判定「簡不簡單」。

「安易（あんい）」

輕而易舉。相當容易。無須努力也能做到

語彙力等級 ★☆☆☆☆

例句

安易に値下げをすると、利益率が下がるだけだ。

隨隨便便就降價，只會拉低營益率而已。

解說　原本是指悠哉安逸的態度，現在則用來指稱選擇投機的方式，好逸惡勞又半吊子的態度。含有批判的語意。

「容易（ようい）」

容易。指難度低

語彙力等級 ★☆☆☆☆

例句

すぐに解ける問題であっても、他人に説明するのは容易ではない。

即便是立刻能答對的問題，要解釋給別人聽懂也不容易。

解說　意指輕鬆就能辦到。寫成「容易い」時則讀作「たやすい」。相似詞則有「他愛のない」、「造作（ぞうさ）もない」。

「朝飯前（あさめしまえ）」

小菜一碟。對當事人而言
極為簡單，不費吹灰之力

語彙力等級
★★☆☆☆

例句

Kさんなら、この程度の仕事は朝飯前なんじゃないの？

對K來說，這種程度的工作應該只是小菜一碟吧？

解說 相較於客觀的評價，這句話主要是闡述主觀的感想，因此，用在自己身上時，代表具有強烈自信，用來指稱他人時則含有讚賞的意味。

「平明（へいめい）」

簡明。
簡單，對任何人來說都很好懂

語彙力等級
★★★☆☆

例句

専門的な内容を平明な文章で書いてある、ありがたい本。

這本書以平易近人的文章來解釋專業艱深的內容，令人感激。

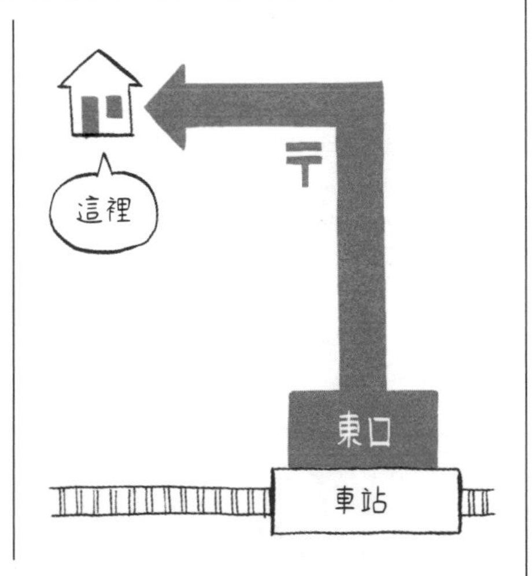

解說 意指文章或說明容易理解。相信撰寫者應該是為了照顧讀者，而以通俗淺白地方式行文。而此字彙就是對這份用心所做的評語。

情境 33

たくさんある

大量。大量這件事視情況而定，有時讓人滿意，有時卻會引起困擾。「滿滿草莓的蛋糕（ふんだんに苺がのったケーキ）」固然令人歡喜，但「鋪張的招待（過剰なもてなし）」則令人不敢恭維。

「掃(は)いて捨(す)てるほど」

不計其數。多到有剩，數量龐大到超出所需求的程度

語彙力等級 ★☆☆☆☆

例句

応募者なら掃いて捨てるほどいるが、本気の人間は少ない。

應徵者多到數不清，但真正有熱忱的人少之又少。

※巧克力

解說 這是形容人或東西眾多的樣子。從「掃く」、「捨てる」的用字便可得知，這指的是數量非常多而有所剩餘的狀態。

「無(む)尽(じん)蔵(ぞう)」

無窮盡。資源豐富，取用不完

語彙力等級 ★★☆☆☆

例句

資源は無尽蔵にあるように感じていたが、もちろんそうではない。

人們總以為資源是無窮盡的，但根本沒有這回事。

解說 這指的是藏量豐厚，永遠不會見底的倉庫。原為佛教用語，比喻擁有廣大無邊的功德（功(く)德(どく)）。如今則用來形容資源、資金、智慧、體力等豐沛的情況。

「潤沢（じゅんたく）」

充裕。
物品或金錢（預算等）豐足

語彙力等級
★★★☆☆

例句

潤沢な資金のある研究室がうらやましい。

資金充裕的研究室真令人羨慕。

解說 這是由「潤い」的潤與「沢山」的沢兩字組合而成的詞彙，相信應該很容易進行聯想。形容物品或錢財極多，在物質上與精神層面上皆很有餘裕的狀態。

「枚挙（まいきょ）にいとまがない」

不勝枚舉。
數都不數不完

語彙力等級
★★★☆☆

例句

Sさんのいいところは、枚挙にいとまがない。

S這個人的優點真的不勝枚舉。

解說 「枚挙」指的是一一細數事例或某人的特色。整句話即為列舉出的項目多到數不清之意。

3. 精準地描述狀況

情境 34 少し

稍微。「わずか」、「少々」、「多少」、「心持ち」、「ちょっくら」、「やや」、「若干」都是表示「些微、少許」的詞彙。請根據文章欲表達的內容或氛圍來挑選用詞。

「心（こころ）なしか」

心理作用。莫名認為、程度輕微

語彙力等級 ★☆☆☆☆

例句

以前よりも、心なしか上達したような気がします。

或許是心理作用，總覺得似乎比以前進步一點。

解說 「心なし」又稱為「思いなし」，意指源自個人心理上的主觀認定。說不定只是自己的錯覺，但就是莫名有一點這樣的感覺。

「いささか」

些許。稍微的古語說法

語彙力等級 ★★☆☆☆

例句

今度の商談、私一人ではいささか心細いので、ご協力ください。

獨自談這筆生意，令我感到些許不安，還請您不吝協助。

解說 即便是同樣的意思，選擇古語說法時，能予人慎重其事的印象或營造雋永語感。少し→いささか（稍微→些許）也有這樣的效果。

「申し訳程度（もうしわけていど）」

微不足道。
客氣地表示謝禮等不多

語彙力等級
★★☆☆☆

例句

ほんの申し訳程度で恐縮ですが、こちら受け取ってください。

金額微不足道實在很不好意思，還請您收下。

解說　「申し訳」為「言い訳（說詞）」的謙讓語。意即發話者認為此乃不足掛齒之事。會在裝錢的信封寫上「寸志（すんし）」、「薄志（はくし）」（皆為薄禮之意）等字樣。

「心（こころ）ばかり」

聊表心意。
雖然只是小禮，但藉此來展現自己的一點心意

語彙力等級
★★★☆☆

例句

心ばかりではございますが、一席設けさせていただきました。

我準備了一桌酒席來聊表心意。

解說　主要用於贈禮或設宴、請吃飯之際。意即謙稱這不是什麼大手筆的招待，還望對方能接下這份心意。

情境 35

見せる、示す

呈現、**展示**。同樣形容「呈現」，但適用的單字會根據使用情境而變得很有限。比方說，為了做展示而將商品擺設出來為「陳列（ちんれつ）」、讓人看見弱點則為「露呈（ろてい）（露餡）」。

「告示（こくじ）する」

告示。
公家機關對大眾發出的通知

語彙力等級 ★★☆☆☆

例句

二〇一〇年十一月の内閣告示で、常用漢字表が改定された。

二〇一〇年十一月的內閣告示，修訂了常用漢字表。

解說 意即公家機關針對法令或選舉投票日等發布通知。在日本經常會聽到「〇日告示、◎日投票」的說法。然而，公布眾議院、參議院的選舉資訊則稱作「公示」。

「標榜（ひょうぼう）する」

標榜。公開揭示
政治主張或原則等

語彙力等級 ★★★☆☆

例句

クリーンな政治を標榜する政党から、スキャンダルが飛び出す。

標榜清廉政治的政黨爆出醜聞。

※第12張單曲總選舉

※用笑容度過每一天！

解說 這是由標識的「標」與代表立牌的「榜」所組合而成的詞彙（榜字亦出現於明治時期所公布的「五榜禁令」）。意即公開揭示，昭告世人。

「顕彰（けんしょう）する」

表彰。將善行或功績廣為宣傳給世人知曉

語彙力等級 ★★★★☆

例句

住民の避難誘導中に殉職した警察官を顕彰すべく、石碑を建てた。

這塊石碑是為了表彰引導居民避難卻不幸殉職的員警所建的。

解說 意即將不太為人所知的善行彰顯出來。除了進行表揚、嘉獎晉升之外，有時候還會製作雕像或紀念碑。

「供覧（きょうらん）に付（ふ）す」

公開閱覽、展覽。讓許多人得以看見

語彙力等級 ★★★★★

例句

当日までに議題を供覧に付す必要がある。

在開會日前，必須公開議題提供閱覽。

解說 意指公家機關等單位，傳閱或共享文件以達周知目的。亦可稱為「供覧する」。有時也會用來表示公開展示作品，提供民眾自由參觀。

情境36 改める、変更する

更改、**變更**。修訂法律稱為「改正」。然而，在野黨有時會以「改悪（かいあく）」的說法提出批判。意即進行修改反而變得更糟。

「修正（しゅうせい）」 修正。將錯誤改正過來

語彙力等級 ★☆☆☆☆

例句

レジュメに誤字があったから修正しておいて。

摘要上有錯字，記得改過來。

解說 改掉錯誤或有所缺失的部分，呈現出正確的結果。修正有一定的準則可循，目的也很明確，與「改善」不同。

「改善（かいぜん）」 改善。將不好的部分調整得更好一點

語彙力等級 ★☆☆☆☆

例句

食生活を改めることで、体質の改善を図った。

重新檢視飲食內容，以期改善體質。

解說 「改善」指的是，將條件、關係、狀況等抽象事物調整到比之前還要好的狀態。機械與土地等物則以「改良」稱之。

「一新（いっしん）」 全面更新。全部換成新的

語彙力等級 ★★☆☆☆

例句

新しいパッケージで、商品のイメージを一新する。

換上新包裝，讓產品形象煥然一新。

解說 意即完全呈現出新氣象。雖與「刷新」的意思相近，但「一新」並不是因為原本的事物有缺陷才換新。

「刷新（さっしん）」 刷新。將不好的部分全換成新的

語彙力等級 ★★★☆☆

例句

不祥事が明るみに出たM社は、経営陣を刷新して改革を印象づけた。

爆出醜聞的M公司大打改革牌，高層人事全數異動。

解說 如同「人事を刷新する（人事大搬風）」的用法所示，大多用來指稱，透過更換人員來達到為組織帶來新氣象的目的。

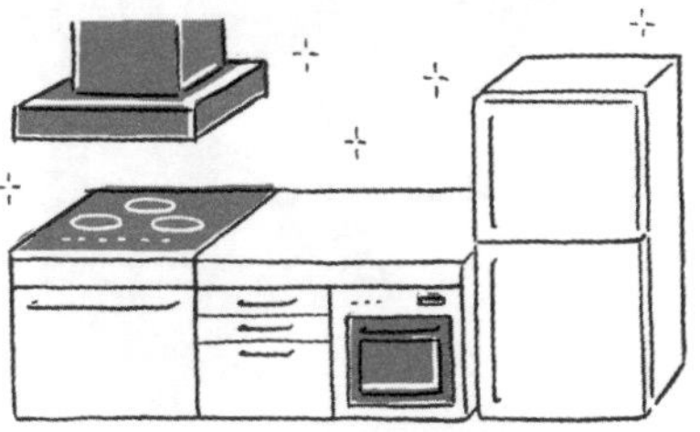

情境37　すすめる

推舉引薦。「すすめる」與「進める」系出同源。針對行為提出勸導時為「勧める」，推薦特定對象或物品時則為「薦める」，會使用不同的漢字做區分。

「掘り出し物」

挖到寶。
偶然到手的好物，
抑或便宜划算之物

語彙力等級 ★☆☆☆☆

例句

チェーンの新古書店には案外、掘り出し物が眠っているものだ。

二手連鎖書店意外地有很多寶可以挖。

解説　形容對意想不到的發現感到驚喜。發現特惠商品、以超值價格買到好物、在意料之外的地方遇見好物時都可用這個詞彙來形容。

「太鼓判を押す」

打包票。有絕對的
把握而大力推薦

語彙力等級 ★★☆☆☆

例句

ぜひ使ってみてよ。私が太鼓判を押すわ。

請大家一定要試試看。我敢打包票保證絕對好用。

解説　太鼓判指的是用來代表驗證過關所蓋的大印章。意即推薦者就如同蓋下此章般，敢承擔責任提出保證，而非信口開河。

「推奨（すいしょう）」

推薦。將優點介紹給他人知悉，提供建議

語彙力等級 ★★☆☆☆

例句

常識ではあるが、安価で手軽な勉強手段として、読書を推奨する。

眾所皆知，既省錢又方便的學習方式首推閱讀。

解說 針對某事物的意義、好處與優點提出建言，希望對方能接受。主要形容在上位者、經驗豐富者、年齡較長者、權威者對在下位者提出建議。

「推挙（すいきょ）」

推舉。認為某人值得信賴，而舉薦其擔任某職務

語彙力等級 ★★★★☆

※學生會選舉

解說 此字彙與適用於各種情況的「推薦」不同，只限定用於舉薦某人擔任要職的情況。亦寫作「吹挙」。更艱深的說法則為「推輓（すいばん）」。

例句

プロジェクトを立ち上げるから、適任者を推挙してもらいたい。

我們要成立專案小組，請推舉合適的人選。

情境 38

元に戻る

恢復原狀。飽受傷痛所苦的選手終於「回復」健康，力圖「再起」，雖「復帰」所屬球隊，卻離完全「復調」還有一大段距離。讀者們是否明白各詞彙在用法上的差異呢？

「回復（かいふく）」

復原。惡化的健康或業績等恢復到原本的狀態

語彙力等級 ★☆☆☆☆

例句

景気もようやく回復の兆しが感じられるようになった。

總算令人感受到景氣復甦的動向。

解說 亦可用於尚未完全恢復的情況，好比「少しずつ回復する（正逐漸復原）」。疾病痊癒，恢復健康，則以「快復」、「快気」來形容。

「復旧（ふっきゅう）」

修復。失去功能的物件恢復至原本正常的狀態

語彙力等級 ★☆☆☆☆

例句

濡れて起動しなくなったノートパソコンのデータを復旧してもらう。

筆電因進水而無法開機，請人修復檔案。

解說 字面意思為回復到舊時的狀態。也就是失去功能的物件重回原本的狀態。尤其是指電力或道路等基礎建設恢復正常的樣子。

「復興(ふっこう)」 衰落的事物再度恢復原貌而繁盛

語彙力等級
★★☆☆☆

例句

復興支援として、被災地の農産物を積極的に使用する。

積極使用災區的農產品，以協助災後重建。

解說 從一度衰落、遭到災害肆虐的狀態回復至原本的風貌，除此之外，還充滿生氣，欣欣向榮。

「再興(さいこう)」 再興。原本已衰微的事物再度復活。再次興盛起來。

語彙力等級
★★★☆☆

例句

過疎化に苦しんだ村が、名物のB級グルメで再興した。

深受人口外流所苦的村莊，透過特色小吃再度興盛起來。

※歡喜村 炒麵

解說 意指家族、組織、國家等取回往日勢力的情況。成功帶動復興，促其從此長盛不衰的領袖則稱為「中興(ちゅうこう)の祖(そ)」。

3. 精準地描述狀況

情境 39 話し合う

對話。「打ち合わせ」給人參與者較少，談話內容較隨興輕鬆的印象，「会議」的語感則較為正式嚴肅。對話還分各種規模與氣氛。

「歓談（かんだん）」 暢談。彼此沒有隔閡地愉快談話

語彙力等級 ★★☆☆☆

例句

研修の前後で、同期と歓談する機会を持てたのがよかった。

很開心能在研習前後有機會與同期友人暢談。

解說 歓的訓讀為歓ぶ。愉悅地談天說地便稱為歓談。宴席上會聽到司儀表示「どうぞご歓談ください（請賓客們把酒言歡）」。相似詞有「談笑」、「会話に興じる（聊得興高采烈）」等。

「直談判（じかだんぱん）」 直接談判。直接與對方談話、進行交涉

語彙力等級 ★★☆☆☆

例句

このままでは埒があかないので、社長に直談判する。

再這樣下去也不會有結果，我要直接跟社長談判。

解說 不透過中間人斡旋而親自出面協商討論。類似的詞彙為「直訴」，意指直接向在上位者表達不滿或期望。

「討議（とうぎ）」

研議。
針對某項議題積極地交換意見

語彙力等級
★★★☆☆

例句

二時間に及ぶ討議の結果、彼の提案は却下された。

歷經兩小時研議的結果，他的提案被駁回。

解說 為了做出是與非的結論，與會者各提出不同的意見進行討論。人員集合起來商討某事稱為「協議」、在議會審查法案稱為「審議」。

「鼎談（ていだん）」

三方會談。三人進行談話

語彙力等級
★★★★☆

例句

アジア三カ国の首脳の鼎談で、今後の環境政策が話し合われた。

亞洲三國首腦召開三方會談，針對今後的環境政策交換意見。

解說 鼎指的是中國古代的三腳金屬鍋。後演變為形容三人相對的情況。若為兩人則稱「対談」、四人以上則為「座談（会）」。

情境40

盛り上がっている

氣氛熱烈、**氣勢正盛**。形容熱鬧、精彩刺激的詞彙會隨著情境而有所變化。例如，現場的氣氛熱烈為「ボルテージが上がる（熱力四射）」、比賽過程高潮迭起則為「手に汗握る（手心冒汗）」。

「盛況（せいきょう）」 盛況。到場的賓客眾多

語彙力等級 ★★☆☆☆

例句

おかげさまで、シンポジウムは盛況のうちに幕を閉じました。

託大家的福，座談會反應熱烈，順利閉幕。

解說 指來到參與活動的人很多。固定營業的店家有很多顧客上門則稱為「繁盛（生意興隆）」。不克參加某項活動的邀約時，請記得附上一句「会のご盛況を祈念いたします（預祝活動圓滿成功）」。

「黃金時代（おうごんじだい）」 黃金時代。某事物最繁榮的時期

語彙力等級 ★★☆☆☆

例句

CD黄金時代に青春を過ごしたので、楽曲ダウンロードに慣れない。

我的青春時代是在CD最興盛的時期中度過的，因此不習慣下載音樂。

解說 此詞彙是用來形容某國家、民族、社會、個人最為繁盛的時期，例如「ローマ帝国の黄金時代（羅馬帝國的黃金時代）」。亦可指稱某事物最為流行的時期。

「たけなわ」

熾熱。最盛的時期。
尤其是指宴會無比熱鬧的情景

語彙力等級
★★★☆☆

解說 在宴會即將結束之際，司儀一定會說「宴もたけなわではございますが」這句話。意即宴會熱鬧氣氛達到最高潮。正是邁向尾聲、衰退前的最盛階段。

例句

春たけなわの京都に出かけてみませんか。

一起到春意正濃的京都走走吧。

「佳境(かきょう)」

佳境。故事、戲劇情節來到最高潮

語彙力等級
★★★★☆

解說 意即最精采有趣的階段。有些人在作業過程中被人搭話時會表示「今、佳境で手が放せないんだ（我現在正處於佳境，走不開）」，但這種用法其實與原本的意思有所出入。

例句

ここから話はいよいよ佳境に入ってくる。

從這裡開始故事總算漸入佳境了。

情境41

見込み、見通し

預估、**預測**。即便皆為預想之意，但根據客觀根據所做的推想為「予測」，帶有私人願望或情感則為「思惑（おもわく）」等，各呈現出不同的語意。

「目算（もくさん）」

粗估。大略地估算一下結果

語彙力等級 ★★☆☆☆

例句

会場の広さから、収容人数は目算が立つ。

從會場的大小來粗估可容納人數。

解說　不進行具體詳細的計算，只是大略評估。根據這項評估所擬定的計畫若失敗時，則稱為「目算が外れる」。

「先見の明（せんけんのめい）」

先見之明。

在事情發生之前便已有所預見

語彙力等級 ★★☆☆☆

例句

いち早くこの分野に取り組んだF社は、先見の明があった。

最早在此領域插旗的F公司，著實有先見之明。

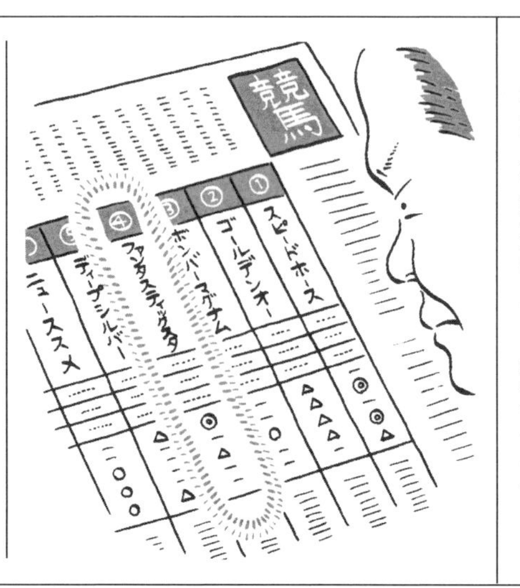

解說　有些人會將這句話的「明」誤寫成「目」。「明」代表洞悉未來的智慧。此詞彙亦能用來讚揚他人或企業。

「皮算用（かわざんよう）」

打如意算盤。還不確定能否實現，只往好的方面盤算

語彙力等級 ★★★☆☆

例句

理念はよくても、足元の計画がおろそかだと、皮算用に過ぎない。

理念再好，若實際計畫漏洞百出，也只不過是打如意算盤罷了。

※彩券

解説 這是慣用語「取らぬ狸（たぬき）の皮算用」的縮寫版，意指都還沒抓到狐狸，就開始擬定賣毛皮賺錢的計畫。含有批判膚淺做法的語意。

「成算（せいさん）」

胸有成竹。預計會成功

語彙力等級 ★★★★☆

例句

私には、この事業を軌道に乗せる成算があります。

我有十足的把握，能令此事業步上軌道。

解説 意指能完成某件事、交出好結果的預測。亦稱為「勝算」。打字時請注意不要誤選成同音的「精算」、「清算」等字。

情境 42 順調である

順遂。「快調」也是形容順遂的詞彙之一，從字面便能推敲到這代表事情順利發展，大快人心之意。本單元蒐羅了形容無所遲滯、毫無阻礙地發展、出乎意料之外地氣勢如虹等說法。

「円滑（えんかつ）」 圓滿。沒有任何狀況，相當順利

語彙力等級 ★☆☆☆☆

例句

色々と手配してくれたおかげで、当日は円滑に進めることができた。

多虧有您幫忙安排大小事，當天才能圓滿完成。

解說 這是由圓與代表滑順之意的滑字所組成的詞彙。取其不具稜角的意象，轉變成用來形容事情沒有遇到阻礙，順利進行的樣子。

「飛（と）ぶ鳥（とり）を落（お）とす」 銳不可當。氣勢威猛

語彙力等級 ★★☆☆☆

例句

あの飲食店は最近、飛ぶ鳥を落とす勢いで新店舗を出している。

那家餐飲店最近銳不可當，又開了新店。

解說 人氣、權力、事業等所向無敵，甚至連飛在空中的鳥兒都被其威力波及而墜落。類似說法則有「破竹（はちく）の勢い」「昇竜（しょうりゅう）の勢い」。

「順風満帆」（じゅんぷうまんぱん）

一帆風順。能力足以駕馭所面臨的狀況，進行得很順利

語彙力等級 ★★★☆☆

例句

貴社は創業以来、増収増益が続き、実に順風満帆という感じですね。

貴公司自創業以來，獲利不斷創新高，實在是很一帆風順呢。

解說　取自帆篷順著風而飽滿有張力的模樣，後來轉變為形容事情跟上時代潮流，如預期般順遂發展。類似說法為「流れに棹（さお）さす（順著潮流划槳）」。

「はかばかしい」

進展順利。事情按預定計畫發展

語彙力等級 ★★★☆☆

例句

意気込んでいた割に、作業の進捗ははかばかしくない。

儘管卯足了幹勁，但作業的進展卻不太順利。

解說　此字彙與動詞的「はかどる」系出同源。意指有所進展的樣子。大多以否定形「はかばかしくない」的方式來描述。

3. 精準地描述狀況

情境

43

完成・達成

完成、**達成**。可用來描述專案、夢想、目標、工程等事物。為了達成目的，長期不斷付出努力而終於抵達終點時，真的會令人感觸良多。本單元則蒐羅了能用來形容這份感動的詞彙。

「成就（じょうじゅ）」

實現。落實了長久以來的目標或心願。
願望成真

語彙力等級
★☆☆☆☆

例句

目標が成就したので、ダルマのもう片方の目を描いた。

目標已實現，為達摩不倒翁畫上另一隻眼睛。

解說　意即宿願得償。即使不是靠自身的力量實現，也能使用「成就」來形容。御守護身符上也有「心願成就」、「学業成就」等字樣。

「結実（けつじつ）」

成果。所付出的努力開花結果，
或成為完整的作品

語彙力等級
★★☆☆☆

例句

一年間の海外留学で学んだことが、今回の新作に結実している。

留學海外一年所學的事物，在這次的新作品上開花結果。

解說　形容不斷累積的努力，如同草木結實般化作具體的成果。例如「努力が結実する」等。

「完遂（かんすい）」

達成。不辱使命完成任務。

語彙力等級

★★★☆☆

例句

誰もが不可能だと思っていたミッションを、彼は完遂してみせた。

所有人都認為不可能的任務，他卻做到了。

解説 圓滿達成之意。相較於「遂行（すいこう）」，更能展現出長期以來面臨種種困難的事物，終於得以完成的語感。很多人會將讀音誤念為「かんつい」。

「落成（らくせい）」

落成。建築工程、土木工程完成

語彙力等級

★★★★☆

例句

新社屋が落成したので、関係者を招いて披露パーティーを開催した。

為慶祝新辦公大樓落成而舉辦啟用典禮，並邀請相關人士參觀。

解説 相似詞有「竣工（しゅんこう）」、「完工（かんこう）」。當大樓或設施完成時就會舉辦落成儀式、竣工儀式。

情境 44

わかっていること

明白了解。「了解（わかる）」與「做得到（できる）」是兩回事。只有表面的理解是不夠的，因為這樣無法以自身之力加以實踐。本單元則蒐羅了形容因徹底「了解」而「做得到」的詞彙。

「熟達（じゅくたつ）」

熟練。

精通某項領域或技能，訓練有素

語彙力等級 ★★☆☆☆

例句

ここ数年で、熟達した技術者が一斉に退職してしまった。

技藝純熟的技術人員在這幾年間紛紛離職了。

解說 這是形容經由長年的訓練，練就一身處理繁複步驟與講究判斷力的技術，做起來得心應手。功夫紮實，爐火純青。

「分別（ふんべつ）のある」

懂得拿捏分寸。

言行舉止合乎常理規範

語彙力等級 ★★★☆☆

例句

いい大人なんだから、それくらいの分別はあるだろうに。

都已經老大不小了，應該懂得這點分寸吧。

解說 分別一詞若讀作「ぶんべつ」時，代表區分之意，例如垃圾分類。讀作「ふんべつ」時，則是形容能做出符合一般常識的判斷。

「会得（えとく）」

領會。理解事物的意義，內化為自身的智識

語彙力等級 ★★★☆☆

例句

営業職の長い彼は、初対面の人との距離の縮め方を会得している。

身為業務老鳥的他，對於拉近與初次見面之人的距離很有一套。

解說 掌握本質或核心，融會貫通有所領悟。意指透過長年的經驗、訓練、修習而悟得真理。

「得心（とくしん）」

徹底理解。無論在理論上或情感上皆能認同接受

語彙力等級 ★★★★☆

例句

得心するまで、何度でも説明したほうがいい。

直到對方徹底理解前，最好不厭其煩地做說明。

解說 意即了解得很透徹。不光只是腦袋理解而已，而是打從心底認同、接受。相似詞為「納得」、「合点（がってん）」。

情境

45

影響力を発揮する

發揮影響力。「権力」與「權威」是很相似的詞彙，然而兩者所代表的影響力卻截然不同。試問，身為領導者應該具備哪一項呢……？

「鍵(かぎ)を握(にぎ)る」

掌握關鍵。左右事態發展，產生決定性作用

語彙力等級 ★☆☆☆☆

例句

プロジェクト成功の鍵を握るのは、現場スタッフの士気である。

現場人員的士氣是掌握專案能否成功的關鍵。

解說 關鍵人物被稱為「キーマン」或是「キーパーソン（キーパースン）」。亦可用「行方を握る（左右事物的動向）」、「運命を決める（決定事物的命運）」等說法形容。

「権(けん)力(りょく)」

權力。強迫他人服從的力量

語彙力等級 ★★☆☆☆

例句

役職に就いたからといって、権力を振りかざしてはいけない。

不能因為晉升為高層而濫用權力。

解說 基於武力、暴力、金錢或地位所擁有的力量。靠著權力作威作福時，下屬就不會出自真心地服從，只是不得已地聽命行事。

「台風(たいふう)の目(め)」

颱風眼。身處動盪局勢的中心

語彙力等級 ★★★☆☆

解說 陷入宛如風暴般的動盪局面時，引發混亂或能左右事態帶來決定性影響的人事物。

例句

今後の政界再編では、例の新党が台風の目になるだろう。

在今後的政黨重組過程中，那個新黨派應該會成為颱風眼吧。

「権威(けんい)」

權威。能力廣獲周遭認同，擁有讓人願意服從的力量

語彙力等級 ★★★★☆

解說 「○○学の権威」指的是，在該學術領域擁有堅強的實力，是眾所公認的頂尖人物。由於令人感到敬重，人們才會願意跟隨服從。

例句

芥川賞は、小説家に与えられる新人賞の中で最も権威がある。

芥川賞是頒給小說家的新人獎中最具權威的獎項。

情境 46

金額が安い

金額便宜。讀者們認為八〇〇日圓的午餐貴嗎？還是覺得便宜呢？相信每個人的感受都不一樣。「便宜」也與當事人的感受或價值觀有所關聯。

「お値打ち（ねうち）」 打折。價格便宜，划算的商品

語彙力等級 ★☆☆☆☆

例句

お値打ちの品を多数取りそろえてお待ちしております。

我們進了許多特惠商品，等候您大駕光臨。

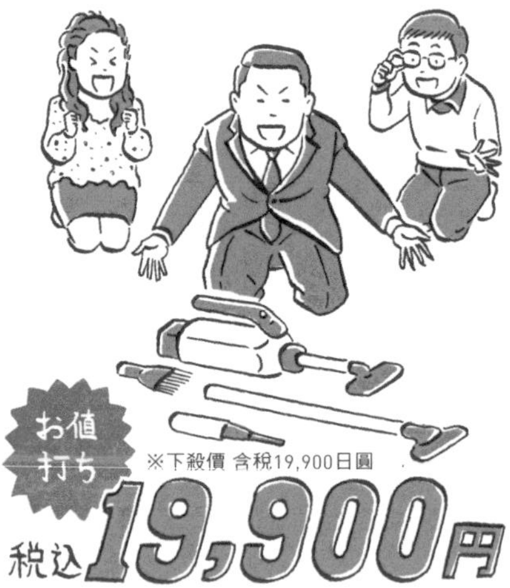

※下殺價 含稅19,900日圓

解說 就主觀印象而言，感到便宜划算的價位。百貨公司等則會以優雅的說法「お求めやすい価格（更容易入手的價格）」來形容。

「リーズナブル」 價格公道。就品質來考量而覺得能接受、合理的定價

語彙力等級 ★★☆☆☆

例句

国産品でそろえている割には、リーズナブルな値段で買い物できる。

這家店的國產品貨色齊全，但價錢很公道。

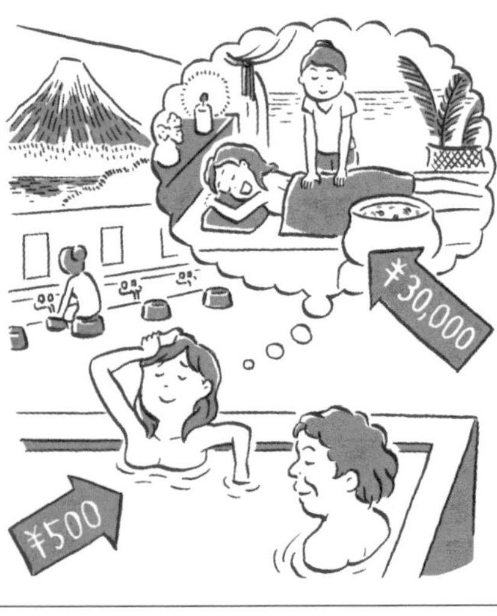

解說 英文的reason除了代表「理由」之外，還有「邏輯思考」的意思。也就是符合邏輯，合宜、令人接受的價格。

「安手（やすで）」

便宜貨。

價格低，品質也不怎麼好的物品

語彙力等級 ★★★☆☆

例句

通販で買った服が、いかにも安手の生地で失望した。

收到網購的衣服，但是質料一看就是便宜貨，令人失望。

解說 不只是便宜，而且還看起來很廉價。也就是俗話說的「安かろう悪かろう（便宜沒好貨）」。「安手の小説」則是指粗糙又低級之作。亦稱チープ（廉價感）。

「低廉（ていれん）」

低廉。物品的價格或報酬不高

語彙力等級 ★★★★☆

例句

低廉な賃金では、優秀な人材は雇えない。

低薪無法聘請到優秀的人才。

解說 「廉」也是表示便宜的字彙，例如「廉価」。這是能予人客觀印象的詞彙，因此會被用於與法律相關或較為正式的文章上。

情境

47 物事のわけ

事物的來由。「成功したのはあなたのせいです（我會成功都是你害的）」聽起來怪怪的。還是「あなたのおかげです（是託你的福）」比較順耳吧。同樣的理由也會因為持肯定或否定的態度而產生不同的說法。

「根拠」（こんきょ）

根據。佐證言論與行為的理由

語彙力等級 ★☆☆☆☆

例句

主張には必ず根拠を添えて書くようにしましょう。

寫下主張時務必提出根據。

※主婦的回購率

解說 意見等言論的基礎，能作為依據的證據或資訊。相似詞有「拠りどころ（よりどころ）」、「裏づけ」、「徴証（ちょうしょう）」。

「道理」（どうり）

道理。事情的真理。為人處世的準則

語彙力等級 ★★☆☆☆

例句

そのやり方は……。もう少し人としての道理をわきまえろよ。

這種做法實在是……。多學習一下做人的道理吧。

解說 意即條理（筋道（すじみち））或理由（理屈（りくつ））。此外，亦指正當又正派，能條理井然地解釋清楚的做法。還有「それは道理（＝もっとも，就是這個道理）」的用法。

「内情（ないじょう）」

內情。外人所不知道的組織等內部情形

語彙力等級 ★★☆☆☆

例句

政治家秘書を長年務めたA氏が、政界の内情を暴露する本を出した。

長年擔任政治人物祕書的A，出了一本大爆政治圈內幕的書。

解説　只有組織或業界人士才知道的內部狀況。尤其意指最好不要公開（無法公開）的真實情況、負面消息。

「所以（ゆえん）」

緣由。理由。歷史典故或背後原因

語彙力等級 ★★★☆☆

例句

これが、我が社が鉄鋼生産を中心とするようになった所以である。

這就是我們公司以鋼鐵生產為主力的緣由。

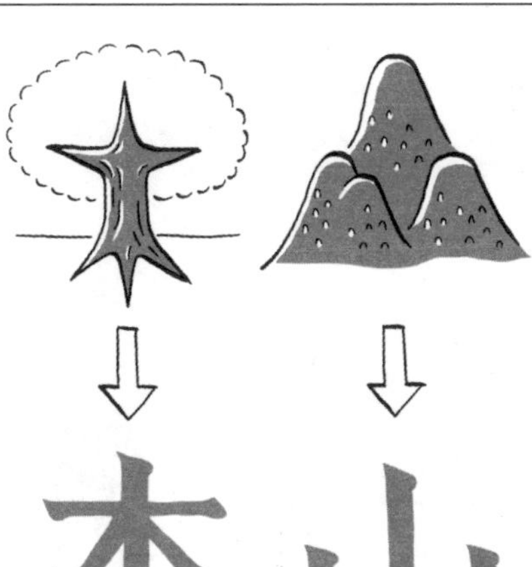

解説　此字彙可單指「理由」，例如「人の人たる所以（人之所以為人）」。亦可寫作「由縁」，用以表示歷史由來。

情境 48

習わし

風俗習慣。長年不斷進行某項行為或活動就會成為風俗習慣。好的「伝統（傳統）」應予以守護，但若演變成阻礙進步的「旧弊（きゅうへい）（造成弊害的舊習或制度）」，那就不好了。

「恒例（こうれい）」

慣例。固定舉行的儀式或活動

語彙力等級 ★☆☆☆☆

例句

毎年恒例となりました夏のセールのご案内です。

這是每年都會舉辦的夏季折扣活動通知。

解說 「恒」是形容始終如一未曾改變的字彙，例如「恒常的」、「恒温動物」。此詞彙是與「例によって（根據事例）」、「例のごとく（如同某事例）」的「例」字所組合而成。

「慣行（かんこう）」

慣習。

某業界或公司的習慣、常規

語彙力等級 ★★☆☆☆

例句

当然のように行われているが、あの取引慣行は合理的とは言えない。

那種交易慣習被視為理所當然，但完全稱不上合情合理。

解說 有別於一般的商業交易做法，在各業界被視為理所當然的運作方式或習慣。大多為不成文的規定，從其他業界跳槽過來時會很頭大。

「美風（びふう）」

良好風氣。美好的習俗。
地域或組織優良的風土人情

語彙力等級 ★★★☆☆

解說 沒有明文化規定卻不斷傳承下來的當地習慣、風氣，而且備受推崇、人人稱好。又可稱為「美俗（びぞく）」、「良風」、「良俗」。

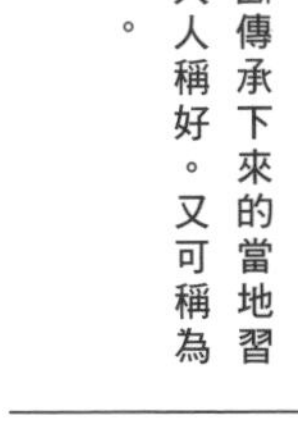

例句

社名や体制が変わっても、我が社の美風は守っていきたい。

即便公司名稱與體制有所改變，也要好好守護我們公司的良好風氣。

「悪弊（あくへい）」

惡習。長期以來的不良習慣

語彙力等級 ★★★★☆

解說 弊這個字代表有害，例如「弊害」、「病弊（びょうへい）」。悪弊即指有害無利、不好的習慣。「因習（いんしゅう）（因襲）」、「陋習（ろうしゅう）」亦然。

例句

我々の代で、一気飲みの悪弊は断ち切らなくてはならない。

在我們這一代必須斷了一口氣把酒喝光的惡習。

情境49 受け継ぐ

承繼。延續傳統固然是好事，但若只是墨守成規，依樣畫葫蘆，便無法令人感到折服。世襲議員之所以備受批評，正是出自此理由。

「模倣（もほう）」

模仿，個人沒有下任何功夫，直接照抄他人

語彙力等級 ★☆☆☆☆

例句

子どもは周囲の大人の言動を模倣することで、言語と習慣を学ぶ。

兒童會模仿周遭大人的言行來學習語言和習慣。

解説 「模倣」的反義詞為「創造（そうぞう）」。然而，有些人會提出反駁，認為所謂的創造，其實是建立在透過模仿所學累積而成的基礎上。

「襲名（しゅうめい）」

襲名。歌舞伎或落語等繼承前人的藝名

語彙力等級 ★★☆☆☆

例句

大きな名跡を継ぐ歌舞伎役者は、盛大に襲名披露興行を行う。

繼承顯赫名號的歌舞伎演員，會舉辦盛大的襲名紀念公演。

解説 在日本傳統藝能世界有繼承父親或師父藝名的習俗。不只是承襲名號而已，還包含了傳承上一代技藝的意味。

「踏襲」（とうしゅう）

承襲。延續以前的做法

語彙力等級 ★★★☆☆

例句

基本的には前任者のやり方を踏襲するが、省ける無駄は省いていく。

基本上會承襲前任的做法，不過沒有必要的部分則直接省略。

解說 不更改前人的做法或想法，直接沿用。從前有政治人物將此詞彙誤念成「ふしゅう」，還請讀者們留意。

「剽窃」（ひょうせつ）

剽竊。抄襲，擅自借用

語彙力等級 ★★★★☆

例句

レポートでの剽窃は、試験のカンニングと同様の罪である。

剽竊他人的報告內容，罪責等同考試作弊。

解說 從他人的作品、論文盜取文章或創意，並當成自己的原創發表。若有引用就必須遵守引用規則，詳細記載。

情境 50 戦い、争う

戰鬥、**爭執**。「たたかふ（戰鬥的古語）」是從不斷「たたく」（攻打，+接尾詞「ふ」）的行為所演變而來的詞彙。除了殲滅敵人的攻防戰外，還有為了克服困難或自身弱點而戰的情況。

「闘争（とうそう）」

鬥爭。為了打倒對方而奮戰到底

語彙力等級 ★☆☆☆☆

例句

彼らの権力闘争で、社内に多くの軋轢（あつれき）が生まれた。

他倆的權力鬥爭，在公司裡引發很多衝突。

解說 如同「闘争心」、「闘争本能」等說法般，這是形容全面展現戰意的詞彙。亦可用於社會運動、勞工運動，例如「賃（ちん）上げ闘争（爭取加薪）」。

「競合（きょうごう）」

競爭。

複數團體針對一項事物互相較量

語彙力等級 ★★☆☆☆

例句

競合他社の商品も十分に研究しなくてはならない。

必須好好研究其他競爭對手的產品。

解說 在同一領域或地盤較量。個人之間的競爭則大多稱為「張り合う（互別苗頭）」。

「係争（けいそう）」

打官司。訴訟等對簿公堂的爭執行為

語彙力等級 ★★★☆☆

解說 意指當事人之間的爭執，尤其是引起訴訟，透過審判爭鬥的情況。此外，國家之間針對領有權而產生對立的土地，則稱為「係争地（けいそうち）」。

例句

係争中の事案ですので、コメントは差し控えます。

這是還在打官司的案件，因此無可奉告。

「拮抗（きっこう）」

勢均力敵。爭鬥者之間的力量相當

語彙力等級 ★★★★☆

解說 形容進行對抗的兩者之間在實力上沒有差距，亦可稱為「互角（ごかく）（不相上下）」、「実力伯仲（じつりょくはくちゅう）」、「甲乙（こうおつ）つけがたい（難分軒輊）」。

例句

米国では共和党と民主党が拮抗し、二大政党制が機能している。

在美國，由於共和黨與民主黨勢均力敵，兩大政黨制才能發揮作用。

情境

51

まだないものを考える

構思尚未問世的事物。有些人會天馬行空地發揮想像力，勾勒宏偉的願景；有些人則是盤算邪惡計畫。甚至還有愛做夢、愛妄想的人……。

「構想（こうそう）」

構想。

針對藝術作品或宏偉的計畫進行思考

語彙力等級 ★★☆☆☆

例句

ヒットを飛ばしたA監督であるが、早くも、次回作を構想中らしい。

票房開紅盤的A導演，似乎正馬不停蹄地構思下一部作品。

解說 構字可見於「構造」一詞，而「構想」就是從構造＝打造骨架，所衍生而出的詞彙。

「目論見（もくろみ）」

企圖。

為了得到某種利益而擬訂計畫

語彙力等級 ★★☆☆☆

例句

一攫千金を狙ったが、その目論見は見事に外れた。

他想要一夕致富，但企圖落空。

解說 在圍棋對局中計算有多少眼稱為「目論見」。由此轉變為，為求勝利、成功、利益而籌劃計謀的意思。

「謀略（ぼうりゃく）」

謀算。

想達成邪惡的目的而有所謀劃

語彙力等級 ★★★☆☆

解說 謀的訓讀為「はかりごと」。亦可稱為「陰謀」、「策略」。在團體中為了出人頭地而使出計謀，稱為「権謀術数（けんぼうじゅっすう）」。

例句

我々は、敵の謀略にまんまと乗せられてしまったのだ。

我們傻傻地中了敵人的計謀。

「白昼夢（はくちゅうむ）」

白日夢。不切實際的空想、妄想

語彙力等級 ★★★★☆

解說 白昼在日文為正中午（真昼（まひる））之意。形容人在醒著的狀態，幻想具有真實感的事物。沉溺於不切實際的空想而呈現放空狀態。

例句

彼らはまるで、白昼夢でも見ているかのようにぼんやり立っていた。

他們彷彿正在做白日夢般，愣愣地站在原地。

3. 精準地描述狀況

COLUMN 3

容易混淆的四字詞語

四字詞語能簡潔地表達各種訓誡或狀況。在文章或演講時使用四字詞語，能予人知性、簡短有力的印象。然而，寫錯字或誤解涵義，說不定反而會出洋相。
本單元則列舉了幾則容易與其他四字詞語、諺語、慣用語、成語混淆的詞彙。

『君子豹変』(くんしひょうへん)

原本是指「品行端正者察覺到自身的過錯時，就會立刻改正過來」之意。君子為品德高尚之人。有愈來愈多人將這句話當成貶意，誤以為是「翻臉不認人，態度丕變」，或許是與「朝令暮改(ちょうれいぼかい)」這句成語混淆所引起的。此為早上發出的命令，到了傍晚已有所改變之意。

『七転八倒』(しちてんばっとう)

意即摔了七次、跌了八次，形容受到非比尋常的苦痛，難受到滿地打滾的樣子。有時會看到有人將這句話與「七転び八起き(ななころびやおき)」（七転八起(しちてんはっき)）搞混而誤用。七転八起指的是，摔跤七次站起來八次，用來形容跌得再慘都不放棄，勇敢站起來的精神。

『画竜点睛』(がりょうてんせい)

這是源自中國民間故事的詞彙，畫了龍後，為其點上眼珠（睛），龍隨即往空中飛去。意指在最後加入關鍵元素以完成某件事。日文會以「画竜点睛を欠く（畫龍不點睛，少了靈魂要素）」的說法來描述。請勿與「蛇足(だそく)」混淆，誤以為「画竜点睛」是指多餘的部分。

第4章

表達含有否定意味的內容

對他人的意見提出反駁或針對某事提出指正時，遣詞用句相當重要，以免沒有必要地造成傷害或惹怒對方。要好好解決問題，懂得使用恰到好處的表達方式準沒錯。一起透過本章來學習誠懇婉轉的說話方式。

情境 52

知識がない

缺乏知識。通常會說沒有知識的人是「バカ（笨蛋）」，不過在正式場合表示「私バカなので（我很笨）」，可能真的會被認為是「笨蛋」，還請留意。

「未熟（みじゅく）」

不熟練，某領域的新手，對一切還不甚了解

語彙力等級 ★☆☆☆☆

例句

未熟者なので、皆さまにご迷惑をおかけすることがあると存じます。

我還是個新手，或許會給大家添麻煩。

解説 如同水果尚未成熟般，形容一個人的技能或專業素養尚不到位，無法獨當一面的狀態。「未熟者」的相似詞為「若輩者（じゃくはいもの）」、「不慣れ」。

「明（あか）るくない」

沒概念。對某個領域了解不多，不熟悉

語彙力等級 ★★★☆☆

例句

若者のSNS事情には明るくないので、教えてもらえませんか。

我對年輕人的社群網站使用狀況沒概念，能否請您告訴我呢？

解説 被問路但自己也不知道怎麼走時會說「このあたりには明るくなくて（我對這裡不熟）」。通曉某事物則稱為「明るい」。

「浅学（せんがく）」

才疏學淺。

學問不深，才識不廣

語彙力等級 ★★★★☆

例句

浅学の身ですので、間違ったことも申し上げるかもしれません。

我才疏學淺，或許會在無意間說錯話。

解說 形容學問或知識不足。經常會以四字詞語「浅学非才（せんがくひさい）（浅学非才）」的方式來謙稱自己無知無能。

「無知蒙昧（むちもうまい）」

蒙昧無知。

智識未開，不明事理

語彙力等級 ★★★★★

例句

国民が無知蒙昧の状態では、民主主義は機能しない。

國民處於蒙昧無知的狀態時，民主主義便無法發揮功能。

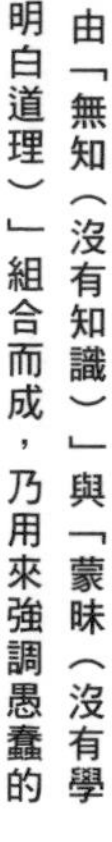

解說 由「無知（沒有知識）」與「蒙昧（沒有學問、不明白道理）」組合而成，乃用來強調愚蠢的詞彙。

情境

53 考えが甘い

想法天真。有些人生性樂觀或難以專注容易分心，但有些人則是因為傲慢自大而錯估情勢。

「油断（ゆだん）」

大意。

鬆懈而導致粗心的狀態

語彙力等級

★☆☆☆☆

例句

ほんの少し油断した隙に、逆転を許してしまった。

只是一不留神而已，就被逆轉了。

解說 以為十拿九穩而掉以輕心的樣子。「油断大敵」這個四字詞語便告訴我們，輕忽大意而有所懈怠時，就會得到慘痛的教訓。

「軽率（けいそつ）」

輕率。未詳加思考便倉促做出行動

語彙力等級

★★☆☆☆

例句

私の軽率な行動で、皆さまにご迷惑をおかけし、申し訳ありません。

因為我的輕率行為而連累了大家，真的非常抱歉。

解說 反義詞為「慎重」。輕率指的是未經慎重考慮，便草率做出行動。相似詞為「軽はずみ」、「軽々しい」（皆為輕舉妄動之意）、「そそっかしい（冒失莽撞）」。

「迂闊（うかつ）」

迷糊。

漫不經心，不留神的樣子

語彙力等級

★★★☆☆

例句

緘口令（かんこうれい）が出ていたのに、迂闊にも口を滑らせてしまった。

明明已被下達封口令，我卻糊塗地說溜嘴。

解說 形容專注力不足，態度不夠警醒的樣子。經常被用於反省自身的過失或道歉時的陳述。

「慢心（まんしん）」

自滿。

驕傲自大而未察覺自身的缺點

語彙力等級

★★★☆☆

例句

一度うまくいったがために、どこかで慢心していたのかもしれない。

或許因為有過一次成功經驗，而在無形中變得臭屁自滿。

解說 內心認為自己很厲害而表現得傲慢。亦稱為「うぬぼれ（自我陶醉）」、「自信過剰（かじょう）」、「過信」、「思い上がり（自命不凡）」。這是一種令人自鳴得意而輕忽大意的自信。

情境 54

好ましくない性格

不討喜的性格。小說或戲劇中一定會有討人厭的角色登場。本單元就是要介紹這種類型的性格。還請讀者們將這些詞彙當作借鏡喔。

「卑怯（ひきょう）」

卑鄙。內心軟弱，會使用奸詐手段

語彙力等級
★☆☆☆☆

例句

確かに違法ではありませんが、少々卑怯なやり方かと……。

這雖然不算違法，但手法有些卑鄙……。

解說 態度不光明磊落。此外，現在日本人也將「姑息（こそく）」一詞當成「卑鄙」之意來使用，但這原本為「暫時遷就（一時（いちじ）しのぎ）」的意思。

「下種（げす）」

下流。品行惡劣

語彙力等級
★★☆☆☆

例句

お前がそのような下種な根性のヤツだと思わなかった。

真沒想到你是本性這麼下流的人。

解說 原本為身分卑賤之意，現在則成為批評心性卑劣，沒有品德之人的詞彙。

「意地汚い（いじきたな）」

吃相難看。貪吃或物欲強烈，顯得粗俗的樣子

語彙力等級 ★★☆☆☆

例句

何でも経費で落とそうとするのは意地汚いよ。

什麼都想用經費報銷，吃相也未免太難看。

解說 意指貪得無厭、思慮短淺。同樣形容食慾的中性詞有「食欲旺盛」、「食べ盛り（正值很會吃的年紀）」，但「意地汚い」則令人不敢領教。

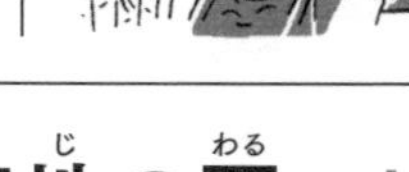

「底意地の悪い（そこいじのわる）」

滿肚子壞水。表面上看不太出來，但內心與個性惡劣

語彙力等級 ★★★☆☆

例句

どれほど取り繕っても、底意地の悪さは隠し切れないものである。

無論如何偽裝掩飾，滿肚子壞水是藏也藏不住的。

解說 現在或許比較常用「腹黒い（はらぐろ）（黑心）」的說法。此詞彙意指為人存心不良，居心叵測。莫名令人感到陰森可怕的壞心眼。

情境 55

いい加減さを非難する

指責馬虎的態度。日常生活中會以「いい加減だ」、「テキトーだ」、「なぁなぁ」（皆為隨便、馬虎之意）等說法來表示。提出不滿或申訴時，就有必要使用較為正式的詞彙來表達。

「だらしない」 散漫馬虎。隨便的性格

語彙力等級 ★☆☆☆☆

例句

数分遅刻するとか、何かにつけて彼はだらしないいんだ。

他對任何事都表現得很散漫，像是老愛遲到個幾分鐘之類的。

解說 指稱不限特定情況，始終不嚴謹的態度。形容服裝儀容邋遢時，也可用古語「しどけない」來表示。

「杜撰（ずさん）」 草率。敷衍了事，漏洞百出

語彙力等級 ★★☆☆☆

例句

彼はどうも仕事が杜撰なので、仕事を一人では任せられない。

他做事很草率，不能把工作交給他一個人辦。

解說 一位名叫杜默的文人所做的詩（＝撰）大多不合律，乃杜撰一詞的由來。形容文章或管理等草率隨便，很多紕漏。

「なおざり」

懈怠。

輕忽態度怠慢，不認真做事

語彙力等級

★★★☆☆

解說 「おざなり」意指做表面功夫，應付了事，相對於此，連做都不想做則是「なおざり（＝等閑）」。相似詞為「ないがしろ（輕視）」。

例句

普段、事務作業をなおざりにしていたツケが、月末にまわってくる。

平常沒認真做好文書作業，到月底就有得忙了。

「おざなり」

虛應故事。

做是做了，但敷衍交差

語彙力等級

★★★★☆

解說 漢字寫作「御座成り」。這是從青樓女子逢場作戲的接客態度所衍生而出的詞彙。形容順應情況而隨意應付，未花費心力。

例句

締め切りが近いからって、おざなりな出来では困ります。

不能因為快到截止日了就隨便交差了事。

情境

56

相手の非を指摘する

指責對方的過錯。公家機關或企業的懲處有「戒告」、「譴責」（皆相當於警告），是比免職、停職、降薪還輕的處分，意指口頭給予訓誡。有時必須提交檢討報告書或悔過書。

「非難する」

責難。

指出不好的地方，予以訓斥

語彙力等級

★☆☆☆☆

例句

たび重なる納期の遅れを、厳しく非難する。

嚴格譴責一再延遲交期的行為。

解說 亦可寫作「批難」。意即嚴厲責備缺點或過失。比起「批判」更帶有情緒上的反感。相似詞為「叱責」、「難詰」。

「批判する」

批判。針對長短

兩面評論判斷。

抑或單指負面的批評

語彙力等級

★★☆☆☆

例句

専門家の視点での建設的な批判を頼みたい。

請您以專家的角度提出建設性批評。

KANKI
電器手持吸塵器
¥8,750
缺點
可能因為吸力強的緣故，使用時的聲音很大。偏重。
優點
可當作被褥吸塵器使用，相當方便。能水洗這點也很棒。

解說 經常被當成否定詞彙使用，但原本是指批判性思考（critical thinking），從邏輯上、各個層面上進行探討的態度。

「あげつらう」

挑剔。

針對小失誤苛刻指責

語彙力等級 ★★★☆☆

例句

欠点ばかりをあげつらう姿勢はどうなんでしょうか。

處處針對缺點找碴的態度，真令人不敢領教。

解説 漢字為「論う」。原來是指針對事物的是非對錯進行討論，現已轉變為形容挑毛病、吹毛求疵的態度。

「糾弾（きゅうだん）する」

撻伐、抨擊。

激烈地發出責難、逼問

語彙力等級 ★★★☆☆

例句

不祥事が発覚し、マスコミは経営陣を厳しく糾弾した。

醜聞曝光，媒體對經營高層大加抨擊。

解説 為了釐清相關責任或罪狀，態度嚴厲地詰問、責難。意即責問、非難。有時亦寫作「糺弾」。

情境 57 迷う

迷惘。心無定見，搖擺不定的狀態。無法做出決斷，煩惱個不停，猶豫不前畏畏縮縮，遲遲無法跨出一步的心理狀態。除了本單元所舉的詞彙外，還有「逡巡（しゅんじゅん）」、「尻込み（退縮）」等說法。

「堂々巡り（どうどうめぐ）」

原地打轉。為同樣的事感到迷惘煩惱，毫無進展

語彙力等級 ★☆☆☆☆

例句

会議室に集まって二時間になるが、堂々巡りで何の成果も出ていない。

大家已在會議室討論了兩小時，但依然原地打轉沒有任何成果。

解說 原本「堂々巡り」是指，為了達成心願，反覆在寺院神社的正殿外圍繞行。後轉變為想法停留在同一個地方不斷打轉之意。

「優柔不断（ゆうじゅうふだん）」

優柔寡斷。猶豫煩惱個不停，無法當機立斷的性格

語彙力等級 ★★☆☆☆

例句

告白は怖い？ そんな優柔不断な態度だから、彼女ができないんだ。

不敢告白嗎？就是因為你這種優柔寡斷的態度，才交不到女朋友。

解說 形容一個人「優しい（溫柔）」、「やわらかい（柔和）」皆為褒意，但組合成「優柔」時，便成為代表不乾脆、猶豫不決性格的詞彙。意即沒有足夠的決斷力。

「天秤（てんびん）にかける」

權衡輕重。
針對兩者比較優劣，
但難以做出決定而煩惱

語彙力等級
★★☆☆☆

例句

もはや結婚と仕事を天秤にかける時代ではなくなっている。両立だ。

現在早已不是將結婚與工作放在同一天秤上衡量的時代了。必須兩者兼顧。

解說 以天秤秤重來比喻做比較的行為。另外，「両天秤をかける」的說法，則是指在戀愛等方面腳踏兩條船的狀態。

「躊躇（ちゅうちょ）する」

躊躇。無法決定、感到猶豫

語彙力等級
★★★☆☆

例句

乗るか乗らないか躊躇しているうちに、ブームは終わってしまった。

遲遲拿不定主意到底要不要趕流行，結果熱潮就這樣退燒了。

解說 亦可讀作「躊躇（ためら）う」。形容煩惱猶豫的樣子。相似詞則有「煮え切らない」、「二の足を踏む」等。

情境 58

弱い

軟弱。同樣寫作「弱い」，但「意志が弱い（意志薄弱）」、「か弱い（孱弱）」、「弱いところを突かれた（被戳中弱點）」所代表的意思卻略有差異。本單元則蒐羅了形容各種相關情況的詞彙。

「虚弱（きょじゃく）」 虛弱。身體疲弱

語彙力等級 ★★☆☆☆

例句

両親は、虚弱体質を克服させるため、私に空手を習わせたのです。

父母親為了改善我虛弱的體質，於是安排我學習空手道。

解說 腸胃不好，食慾不振。過瘦容易疲勞，經常感冒、發燒。這樣的孩子就稱為體質虛弱。

「弱体化（じゃくたいか）」 弱化。組織等團體變得衰落

語彙力等級 ★★☆☆☆

例句

農協などの組織が弱体化し、選挙結果が読めなくなってきた。

由於農協等組織的影響力弱化，選情變得詭譎難測。

解說 意指組織的體制衰微。只剩形體，沒有實質內容的狀況亦稱為「形骸化する（けいがいかする）」、「空洞化する（くうどうかする）」。

「薄弱（はくじゃく）」

薄弱。沒有足夠的決心或證據，而容易動搖

語彙力等級
★★★☆☆

例句

意志薄弱なので、自力での禁酒・禁煙はできないと思う。

我意志薄弱，應該是沒辦法自力戒酒、戒菸。

解說 看到這個詞彙就會讓筆者想到，夏目漱石在《心（こころ）》這篇作品中所描述的K遺書內容：「我是個薄志弱行的人……」。意即不可靠的狀態。

「脆弱（ぜいじゃく）」

脆弱。不牢靠的部分、缺陷

語彙力等級
★★★★☆

例句

サイトに顧客情報流出につながる脆弱性があることが指摘された。

這個網站被指出存在恐導致顧客個資外流的漏洞。

解說 就具體方面而言，主要用來形容組織、團隊中較弱的部分，以及電腦系統或軟體等恐遭入侵的缺陷。

情境 59

よくない発言

不當發言。在網際網路十分發達的現代，一不小心說錯話，就會立刻被瘋傳而引發喧然大波。若實屬不當言論，就必須提出更正或道歉。

「暴言（ぼうげん）」

粗暴言論。

粗魯凶狠，傷害對方的不得體說詞

語彙力等級 ★☆☆☆☆

例句

飲食店のスタッフに暴言を吐く人は、信用ならない。

會對餐飲店店員口出惡言的人不值得信賴。

解說 沒有禮貌，粗鄙又汙穢的措辭。明知會讓對方無比難堪，或極為失禮不留情，仍故意說出相當過分的話。

「失言（しつげん）」

失言。本來沒有打算說的話，卻不小心說出口

語彙力等級 ★★☆☆☆

例句

心ならずも失言をいたしました。お詫び申し上げます。

在此為我無心的失言鄭重道歉。

解說 一時衝動而逞口舌之快。在道歉時經常會以「心ならずも（並非出於本意）」來為自己辯解。

「妄言（もうげん）」

妄言。沒有根據，胡思亂想所導致的偏執言論

語彙力等級 ★★★☆☆

不把這個水晶買回家的話，會倒大楣喔……

例句

科学的根拠のない彼の妄言のせいで、風評被害がひどい。

他那番沒有科學根據的胡扯重創了聲譽。

解說 亦可見於「妄想」、「妄念」等詞彙的「妄」字。將毫無根據或沒有道理的事，胡亂散播到處說就叫做「妄言」。意即信口開河。

「放言（ほうげん）」

口無遮攔。毫無節制地恣意亂說

語彙力等級 ★★★★☆

例句

お酒が入っているにしても、あれだけの放言三昧（ほうげんざんまい）は聞き苦しい。

雖說是酒後吐真言，但那樣大放厥詞實在令人聽不下去。

解說 無所顧忌，自由自在地發言。不會考慮到他人怎麼想，亦不受常理規範，管他是惡言惡語還是甜言蜜語，想到什麼就說什麼。

情境 60

生意気

狂妄。當事人未考慮到自己的年齡或立場，展現出高高在上（抑或炫耀學識）的態度，令人覺得反感。

「小賢しい（こざかしい）」

小聰明。耍聰明而打歪腦筋

語彙力等級 ★★☆☆☆

例句

実直だが、不器用なAと違って、Bは小賢しく立ち回っている。

B與耿直笨拙的A不同，是個很會獻殷勤耍小聰明的人。

解說 意指某人聰明歸聰明，但愛出風頭，刻意凸顯才智，令人無法真心給予好評。主要用來形容行事精明的兒童或年輕一輩。

「差し出がましい（さしでがましい）」

僭越。

超出本分的行為或言論

語彙力等級 ★★★☆☆

例句

差し出がましいことを言うようで恐縮なのですが……。

說出這番顯得僭越的話誠然令我感到惶恐……。

解說 形容超出自身權限範圍，魯莽地擅闖他人領域的情況。意即沒有必要地參與他人的事務、雞婆的態度。

「不遜（ふそん）」 不遜。不謙虛，驕傲自大的態度

語彙力等級
★★★☆☆

例句

不遜な振る舞いをしていると、敵を作ることになるよ。

態度目中無人，可是會樹敵的喔。

解說 不謙虛、不恭敬，自視甚高的態度。意即傲慢自大。相似詞有「居丈高（いたけだか）（高壓的態度）」、「ふてぶてしい（表現得大模大樣，厚臉皮）」。

「したり顔（がお）」 臭屁臉。得意洋洋的表情

語彙力等級
★★★★☆

例句

営業トークをするときに、したり顔になる癖があるらしい。

那個人跑業務遊說顧客時，似乎慣常露出得意洋洋的表情。

解說 以現在的關西話來說就是「ドヤ顔」。也就是得意地笑問「どうや（厲害吧）」的神情。乃從「してやったり」（你看吧，而非「知った顔」了然於心的表情）衍生而出的詞彙。

情境

61 失敗

失敗。透過本單元來學習有別於「やっちゃった」、「やらかした」、「ミスった」等口語説法，能更精準表達的詞彙。除了本篇的詞彙，也請把「不首尾（功虧一簣）」、「不手際（處理不周）」、「失態」這些相關用詞學起來。

「粗相」（そそう）

凸槌。輕忽不注意而犯錯

語彙力等級 ★★☆☆☆

例句

今月の商談は新人に任せたので、粗相しないか心配だ。

這個月的生意洽談是交給新人負責，很擔心會不會出包。

解說 因為粗心冒失而出差錯的情況，例如打翻飲料等。有時也會用來婉轉指稱嬰幼兒等大小便。

「頓挫」（とんざ）

停頓。事情在中途受到阻礙而無法繼續進行

語彙力等級 ★★★☆☆

例句

急速な不況で、新規事業立ち上げの話は頓挫した。

景氣急速下滑，推展新事業的計畫也跟著喊停。

解說 意即「頓時遭遇挫折（頓に挫ける）」，也就是突然呈現頹勢。形容原本順利進行的事，在中途挫敗。

「凋落（ちょうらく）」

凋落。家門或公司等衰敗零落

語彙力等級 ★★★☆☆

例句

炭鉱が閉山してから、この地域は一気に凋落した。

這個地區自從煤礦封坑後，便一口氣沒落了。

解說 凋落一詞如同「凋む（しぼむ）」所代表的字義，是從草木乾癟、枯萎、凋謝的意象所衍生而來的。形容一度蓬勃發展的家族或公司走向衰敗。

「味噌（みそ）をつける」

負面標籤。因為失敗犯錯而名譽掃地

語彙力等級 ★★★★☆

例句

社長肝煎り（きもいり）の事業だったが、例のトラブルで味噌をつけてしまった。

這是董事長十分看重的事業，卻因為那件紛爭而被貼上負面標籤。

※訂貨出包的人

解說 古時候，味噌被認為是治療燙傷的特效藥。整句話的意思為在燙傷這個「失誤」上塗抹味噌，現在則轉變成「失敗」之意。

情境 62

ピンチ

危機。會讓人想高喊「マジでヤバい！（大事不妙啊！）」的狀況。本單元則將各種危機情況轉換成較為正式的說法。其他還可以用「緊急事態」、「絶体絶命」、「崖っぷち」等詞彙來形容。

「一触即発」（いっしょくそくはつ）

一觸即發。稍有個風吹草動，就會立即爆發爭執

語彙力等級 ★★☆☆☆

例句

部長と課長は一触即発の状態で、部署内がピリピリしている。

部長與課長的關係一觸即發，部門充滿火藥味。

解說 意即只要稍加觸碰就會爆發開來的危機狀況。形容隨時都會陷入危險，驚心動魄情況的詞彙還有「瀬戸際」、「綱渡り」。

「余儀なくされる」（よぎ）

情非得已。沒有其他選擇，只能做最壞打算的情況

語彙力等級 ★★☆☆☆

例句

販売網を構築することができず、撤退を余儀なくされた。

無法順利開拓銷售通路，只好無奈地退出市場。

解說 沒有其他辦法，無計可施的情況。與「やむなく～する」、「やむを得ない」（皆為逼不得已之意）等說法的語意相同。充滿無可奈何又遺憾的情緒。

「膠着状態」（こうちゃくじょうたい）

膠著狀態。
事物停滯不前的狀態

語彙力等級
★★★☆☆

解說 彷彿用接著劑的膠水黏貼般，固定不動的狀態。用來形容戰事、賽事、協商交涉等停滯不前的情形。

例句
大筋では合意していたが、細部の交渉に入ると膠着状態に陥った。
這件事在大方向上已達成協議，但進入細節交涉後卻陷入膠著狀態。

「危急存亡」（ききゅうそんぼう）

危急存亡。
生死一瞬間的緊急關頭

語彙力等級
★★★★★

解說 危險的事態已近逼眼前，被迫站在生死存亡的歧路上。取自諸葛亮的故事，多半以「危急存亡の秋（危急存亡之秋）」的說法來表示。

例句
我が社にとって、今がまさに危急存亡の秋（とき）だ。
對我們公司來說，現在正是危急存亡之秋。

情境 63

イライラする

煩躁。「イライラ」原本是指被棘刺扎到的刺痛感。「むかつく（生氣）」一詞最初則是指反胃噁心的情形。一起透過本單元來學習描述壓力對身體產生各種影響的説法。

「もどかしい」

焦心。事情無法如預想般地進展而感到焦急

語彙力等級 ★☆☆☆☆

例句

部下が取引先に電話しているのを見るのは、実にもどかしい。

看到下屬正與客戶講電話的情形，實在令人焦心。

解說 代表反對、非難之意的動詞「もどく」乃此字彙的由來。形容事情不如預期般地發展，而感到焦急，想插嘴的心情。

「癪(しゃく)に障(さわ)る」

不爽。感到惱火

語彙力等級 ★★☆☆☆

例句

皮肉な話し方をするのが、いちいち癪に障る。

說話夾槍帶棒，實在令人不爽。

解說 覺得介意而感到不愉快。亦可稱為「気に障(さわ)る」、「癇(かん)に障る」。當這種情緒爆發時則可形容為「癇癪(かんしゃく)を起こす（大動肝火）」、「逆上する（怒氣衝天）」。

「鬱憤（うっぷん）が溜（た）まる」

滿腔憤懣。壓力難以排遣，不斷累積的狀態

語彙力等級 ★★★☆☆

解說 「鬱」指為之氣結，心裡不痛快的狀態。而這句話就是形容這種憂鬱或憤慨（以外來語表示即為ストレス）的情緒，在內心不斷積累的樣子。

例句

日ごろ鬱憤が溜まっていたのが、爆発したらしい。

日積月累的憤懣，似乎就這樣爆發開來了。

「虫唾（むしず）が走（はし）る」

令人作嘔。令人感到極端厭惡甚至引發身體的不適反應

語彙力等級 ★★★★☆

解說 虫唾（亦寫作虫酸）指的是感到噁心反胃時從胃部湧入口中的液體。以現代的說法來表示即為胃酸。形容心理不舒服到胃酸都快溢出來的程度。

例句

例の件以来、あの人を見ると虫唾が走るようになった。

自從發生那件事後，只要看到那個人就令我作嘔。

情境 64

古い

老舊。老舊的事物若別具風味或與傳統有關時，或能散發迷人的魅力。不過實際上，有時卻會給人古板、很膩的觀感。

「カビの生(は)えた」

落伍。跟不上時代潮流

語彙力等級 ★★☆☆☆

例句

「続きはWEBで」なんて、もうカビの生えた手法だと思わない？

不覺得「欲知詳情，請上網搜尋」已經是很落伍的手法嗎？

解說 這是以食物發霉來比喻某事物已過時，顯得陳舊的樣子。相似詞有「時代錯誤(じだいさくご)」、「旧世代的」等。

「手垢(てあか)のついた」

老掉牙。極為普遍，毫無新鮮感

語彙力等級 ★★☆☆☆

例句

そんな手垢のついたフレーズで、人の記憶に残るだろうか。

這種老掉牙的詞句，會讓人留下記憶嗎？

解說 這句話是指已經被無數的人摸過而留下汙垢。形容到處可見，無趣的事物。形容被用爛了、陳腐。

「旧態依然」（きゅうたいいぜん）

依然如故。維持原樣，不曾進化、進步的狀態

語彙力等級 ★★★☆☆

例句

時代は変わっているのに、旧態依然とした体制ではダメだ。

時代已改變，不能用一成不變的制度來應對。

解說 這句話的「いぜん」並非「以前」，而是「なお依然として（依然還是）」的「依然」。這是用來批評不懂得變通的詞彙。

「老練」（ろうれん）

老練。
透過長久的經驗累積，練就好本事

語彙力等級 ★★★★☆

例句

根回しや駆け引きに長（た）けた老練な政治家。

善於拉關係與欲擒故縱術的老練政治人物。

解說 閱歷豐富，從累積的經驗中獲得成熟的智慧。此外，憑藉著長年的經驗而變得老奸巨猾，則稱為「老獪（ろうかい）」、「老猾（ろうかつ）」。

情境 65

傷つく、落ち込む

傷心、難過。相較於「ガッカリする（失望）」，以「気落ちする」、「打ちひしがれる」、「凹む」形容更為文雅。比起「テンションが下がる（提不起勁）」，以「気が滅入る」形容更有深度。本篇則蒐羅了形容這些狀態的詞彙。

「意気消沈（いきしょうちん）」

意志消沉。
失去平時的活力，情緒低落

語彙力等級 ★★☆☆☆

例句

渾身の企画が門前払いされ、彼はすっかり意気消沈している。

使出渾身解數所準備的企劃案吃了閉門羹，他整個人因此意志消沉。

解說 原本振奮的情緒變得萎靡、頹喪。意即失去活力。亦稱為「意気阻喪（いきそそう）」。

「感傷的（かんしょうてき）」

感傷。容易沉浸於悲傷情緒裡

語彙力等級 ★★★☆☆

例句

秋はどうしても感傷的になってしまう。

秋天總是莫名令人感傷。

解說 意指容易被事物觸動，動輒感到悲哀或同情的精神狀態。沒有出自任何特定原因的憂傷心境。意即多愁善感（センチメンタル）。

「暗澹（あんたん）」

黯淡。看不見未來，無法抱持著希望

語彙力等級 ★★★★☆

例句

日本の未来や自分の老後を考えると、暗澹とした思いになる。

想到日本的將來以及自己的老後生活，不禁覺得前途黯淡。

解說 如同陰天或破曉前的天空般，晦暗不明的狀態。由此衍生為看不見未來，無法懷抱希望的絕望心境。

「憔悴（しょうすい）」

憔悴。因為生病或心痛而衰弱疲憊

語彙力等級 ★★★★☆

例句

対応に追われた彼は、傍目にもすぐわかるほど憔悴しきっていた。

他為了處理這件事而疲於奔命，憔悴到連旁人都能一眼看出。

解說 「憔」與「悴」皆是代表元氣大傷之意。相較於單純的身體疲勞，主要形容因為壓力或精神上的折磨而疲憊不堪的狀態。

情境

66

まあまあ

馬馬虎虎。關西生意人之間互相問候「もうかりまっか？（生意好嗎？）」、「ぼちぼちでんな（馬馬虎虎啦）」的對話，經常被援引為關西話的代表範例。這裡的「ぼちぼち」相當於「まあまあ」。

「順当（じゅんとう）」

理應如此。必然會出現這樣的結果

語彙力等級 ★☆☆☆☆

例句

日本代表は予選リーグを順当に勝ち進んだ。

日本國家代表隊沒有意外地晉級預賽。

解說 在合情合理的條件下，一般所能預測到的情況。雖是好結果，但完全不出所料，因此並不感到特別驚訝的狀態。

「十人並み（じゅうにんな）」

普普通通。並不壞，但就是一般水準

語彙力等級 ★★☆☆☆

例句

顔立ちだけ見れば十人並みであるが、彼女は実に愛嬌があった。

光看長相會覺得普通，但其實她個性很討人喜愛。

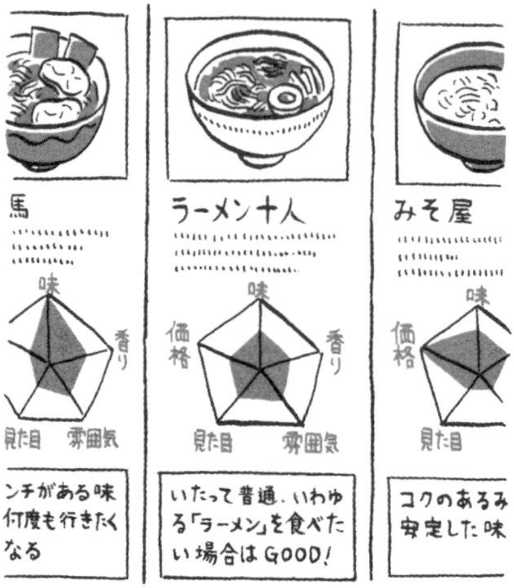

解說 比喻容貌或才能，沒有特別好也沒有特別壞，程度普通。同樣的說法有「ほどほど」、「それなり」、「可もなく不可もない」、「何の変哲（へんてつ）もない」。

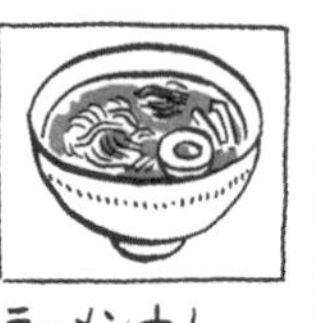

「大過(たいか)ない」

未有太大過失。
沒有犯下大過錯的狀態

語彙力等級
★★☆☆☆

例句

司会という大役でしたが、大過なくやりおおせることができました。

擔負司儀這個重責大任，幸好沒有出錯地順利完成任務。

一路走來沒有太大過失，平順地屆齡退休。

解説 「大きな過(あやま)ちがない（沒有太大過失）」即為「大過ない」。未曾遭遇巨大的失敗或難以擺平的糾紛，無波無浪。相似詞為「つつがない（平安無事）」、「平穩無事」、「別条(べつじょう)なし」（與平常沒兩樣）。

「及第点(きゅうだいてん)」

及格。稱不上優秀，
但達到期望的標準

語彙力等級
★★★☆☆

例句

大ヒットではないが、初期投資もすぐ回収できたし、及第点だろう。

雖然沒大賣，但迅速賺回原始成本，也算及格了。

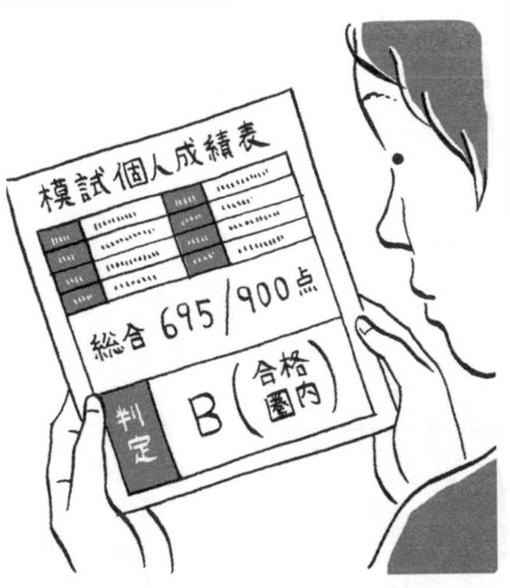

解説 在古代，中文的「第」代表考試之意，「落第」的反義詞為「及第」。也就是說，能通過考試的分數即為「及第点」。

4. 表達含有否定意味的内容

情境
67
辭める

辭退。有句話叫「引き際が肝心（見好就收）」。永遠巴著地位或頭銜不放，難保不會被譏為「老害（老不死）」。明白何時該放手，毫不戀棧地下台一鞠躬也是一種美。

「身（み）を退（ひ）く」

退出。

顧及他人而決定不參與

語彙力等級 ★☆☆☆☆

例句

後進にすべてを任せ、自らは身を退いた。

他將所有事務交給後生晚輩們負責，主動退出不再管事。

解說 這句話可用來形容陷入戀愛三角關係時，某一方主動退出，好讓事情落幕。亦可用來表示當事人放下所有的地位，決定引退的情況。

「撤回（てっかい）する」

收回。

取消說出口的話

語彙力等級 ★★☆☆☆

例句

いくら発言を撤回しても、既に多くの人の心に残ってしまっている。

無論當事人如何努力收回這番言論，都已被許多人牢牢記在心裡。

解說 此詞彙與「撤收」使用同一個撤字。亦即撤銷已提出或公開的事物。取消所有內容，當作沒有這件事發生則稱為「白紙撤回」。

「足(あし)を洗(あら)う」

金盆洗手。揮別不健康或為非作歹的生活、辭去不想做的工作

語彙力等級 ★★★☆☆

解說 意即不再做黑心生意，或不再與壞朋友往來，好好做人。有時也會用來自嘲離開深惡痛絕的工作、職場或夥伴。

例句

転職の目処がつき、やっとあの会社から足を洗うことができた。

轉職已有眉目，終於可以跟這間公司說再見了。

「見(み)合(あ)わせる」

暫停。暫時停下動作，觀察情勢

語彙力等級 ★★★☆☆

解說 對電車通勤族而言，或許經常透過「運転見合わせ（暫停行駛）」的說法，聽到這個詞彙。這指的是觀察情況，先暫停進行某事物之意。

例句

製造ラインの安全が確保されるまで、生産・販売は見合わせる。

在確保產線的安全之前，暫停製造與販賣。

COLUMN 4

經常被誤用的慣用句

會被張冠李戴或誤解涵義的慣用句，其實還蠻固定的。本單元列舉了幾個最常見的錯誤用法，請讀者們確認看看自己是不是也搞錯。

文法錯誤

×「雪辱を晴らす」

○「雪辱を果たす」

「雪辱」一詞本身便包含了「屈辱を雪ぐ（洗脫屈辱）」這個動詞，因此接上「晴らす」等於與「雪ぐ」重複。

（例）今期は黒字に戻し、雪辱を果たしたと言える。

本季轉虧為盈，總算可說是雪恥了。

×「食指をそそられた」

○「食指が動いた」

與「そそられる（引起）」有關的應該是食慾。「食指が動く」是形容讓人產生食慾，或對某事物感到有興趣。

（例）よいものだとはわかるのだが、どうも食指が動かない。

雖然知道是好東西，但總覺得興趣缺缺。

誤解意義

× 予測を元に、手をこまねいて待ち受けよう。

根據預測，就先袖手旁觀等等看吧。

○ 手をこまねいてばかりはいられない。

無法好整以暇地袖手旁觀。

不採取任何行動只是在一旁看著即為「手をこまねく」。這句話往往會被誤解為「招手喚人前來」或「摩拳擦掌伺機而動」。

× 幹事など、私には役不足で、ちょっと……。

我能力不足，實在無法勝任總召一職……。

○ ベテランの彼にそんな軽い役目では、役不足かと。

讓經驗老到的他負責這種小事，未免也太大材小用。

「役不足」指的是所被賦予的任務過於簡單之意。意即任務（相對於當事人的能力）的程度不足，而非當事人的實力不足以處理該任務。

第 5 章

加深人際關係與增進感情

常言道「人際關係既微妙又複雜」。這當中的「微妙」之處正是促進人際往來圓滑的關鍵，但也因為不會清楚顯現出來，頂多只能微微感受到，才更顯細膩難捉摸。這需要經驗的累積，不過學習本章的內容，應該也能幫助讀者們掌握人際互動的微妙與技巧。

情境 68

お礼を言う

致謝。受人照顧時真心誠意地表達感謝是最基本的道理。對他人的幫忙感到過意不去的詞彙，遠比單純表達受助的喜悅來得多，乃日文的一大特色。

「ありがたい」

感恩。面對難能可貴的溫情而深受感動

語彙力等級 ★☆☆☆☆

例句

こうして皆さまにお運びいただけますのも、ありがたいことです。

各位來賓願意大駕光臨，令我無比感恩。

解說 一般習慣使用「ありがとう（謝謝）」的說法，古文漢字則是寫作「有り難し」。意即很難得、十分罕見。

「恐（おそ）れ多（おお）い」

不勝惶恐。對在上位者的厚愛感到過意不去而不敢領受

語彙力等級 ★★☆☆☆

例句

Aさまにお越しいただけるとは、恐れ多くもありがたい限りです。

能請到A貴賓蒞臨，實在不勝惶恐又無比感激。

解說 亦寫作「畏れ多い」。形容太過令人感激而覺得過意不去的心情。此外，亦可用來表達對他人造成不便或添麻煩的歉疚心意。

「過分（かぶん）」

過度。
讚美或待遇遠超過自己的身分與能耐

語彙力等級
★★★☆☆

例句

過分なお言葉を頂戴し、痛み入ります。

您過獎了，實在不敢當。

解説 這是用來表示，受到超乎自己身分地位的厚待而感到惶恐的詞彙。此外，「痛み入ります」也是形容感到過意不去，低調表達謝意的詞彙。

「幸甚（こうじん）」

幸甚。非常榮幸

語彙力等級
★★★★★

例句

温かい励ましを頂戴することができ、幸甚に存じます。

能獲得您的溫暖鼓勵，是我的榮幸。

前一陣子成功完成
攀登聖母峰的心願。
能獲得大家溫暖的鼓勵，
真是三生有幸。

解説 極大的（甚だしい）幸福。亦即對方的溫情令自己感到無比幸福，藉此表達感謝的心意。

情境69 謝る

致歉。「謝る（道歉）」與「誤る（犯錯）」為同一語源。也就是自覺有錯而向添麻煩的對象道歉之意。認錯到何種程度、如何道歉都有不同的說法。

「平謝り（ひらあやま）」

低頭賠罪。認為全都是一己之過，不停道歉

語彙力等級 ★☆☆☆☆

例句

悪いのはこちらだから、平謝りに謝るしかない。

這是我們的錯，所以只能低姿態地一味道歉。

解說 有句四字詞語為「平身低頭（へいしんていとう）」，亦即放下身段，低下頭來之意。以這個姿勢不斷道歉就是「平謝り」。

「弁明（べんめい）」

辯解。解釋己方的理由

語彙力等級 ★★☆☆☆

例句

あちらは必死に弁明していたが、全く許す気にはなれない。

對方雖然拚命辯解，但我完全不想原諒。

解說 這個詞彙與「陳謝」一樣，都代表說明原因之意，不過給人少許強辯的印象。比起道歉，更偏向辯稱錯不在己的態度。

「陳謝」（ちんしゃ）

陳述始末而認錯。

說明來龍去脈，公開道歉

語彙力等級 ★★★☆☆

解説 陳的訓讀為「陳べる（の）」，使用此字的詞彙還有「陳述（ちんじゅつ）」、「陳情（ちんじょう）」。意即說明事情的來龍去脈後道歉。

例句

不祥事が発覚したA社は、謝罪会見を開き、社長が陳謝した。

爆出醜聞的A公司召開道歉記者會，由社長親自說明賠罪。

「深謝」（しんしゃ）

深表歉意。深感抱歉，鄭重地賠罪

語彙力等級 ★★★★☆

例句

私どもの不手際でご迷惑をおかけしましたこと、深謝いたします。

由於我們處理不當造成諸多不便，向大家致上最深的歉意。

解説 由衷感到抱歉，真心誠意地鄭重道歉的態度。亦可用來表達感謝，例如「ご厚誼（こうぎ）に深謝します（衷心感謝您的厚愛）」。

情境 70

励ます

勉勵。勉勵對方進行某件事，為其加油打氣即為「励ます」。每個人的個性與每個組織的調性不同，該怎麼鼓勵才最有效果亦見仁見智。

「奨励（しょうれい）」

鼓勵。認為某件事極好而鼓吹對方去做

語彙力等級 ★☆☆☆☆

例句

ある本に感銘を受けた課長は、部下にも読むことを奨励した。

課長從這本書獲得很多啟發，並鼓勵下屬閱讀。

解說 推薦（奨（すす）め）、鼓勵之意。形容位於指導立場的人，大力推薦某項活動。而用來實現這項活動的資助金則為「奨励金（獎勵金）」。

「叱咤（しった）」

申斥、激勵。大聲嚴厲地斥喝、給予鼓勵

語彙力等級 ★★☆☆☆

例句

監督は、不甲斐ない選手たちを叱咤した。

總教練對表現欠佳的選手們訓話，給予激勵。

解說 叱與咤皆為「訓斥（しかる）」之意。不單只是訓斥而已，還包含了期許對方能有所成長的用意而嚴詞鼓勵。經常會以叱咤激（しったげき）（督（とく））励（れい）四個字來形容。

「鼓舞（こぶ）」

鼓舞。激起對方的幹勁，為其助長聲勢

語彙力等級 ★★★☆☆

例句

社長のスピーチは、社員の士気を鼓舞した。

社長的演說鼓舞了員工的士氣。

解說 這是從打鼓、跳舞所衍生而來的詞彙。用來形容給予刺激以帶動組織、激發當事人的能力。英語為inspire。

「鞭撻（べんたつ）」

鞭策。請尊長給予鼓勵、指導的謙遜說法

語彙力等級 ★★★★☆

例句

引き続き、ご指導ご鞭撻の程、よろしくお願いいたします。

懇請長官們不吝持續給予指導與鞭策。

解說 如同揮鞭般地嚴格指導。亦即不假辭色地嚴加訓練。此字彙是用於請對方指導自己的情況，因此不會說「彼を鞭撻しなくては（必須好好鞭策他）」。

情境71 受け入れる

接受。受到他人委託或面對自身處境，有時能態度積極地接納，有時則是態度消極，不情不願地接受。

「肩代(かたが)わり」

代打。代替他人處理其所面臨的狀況

語彙力等級 ★☆☆☆☆

例句

叔父の借金を肩代わりする。

由我代替叔叔還債。

解說 代替他人背負其所承受的負擔或負債。特別是代為收拾爛攤子或善後則稱為「尻ぬぐい（擦屁股）」。

「容認(ようにん)」

容許。即便情理上覺得不恰當，也予以認同、接受

語彙力等級 ★★☆☆☆

例句

我々の予算がこれ以上削られることは容認しがたい。

我們的預算絕不容許再遭到刪減。

解說 原諒、接受不合乎規範或道德的事物。相似詞「許容(きょよう)」則含有雖不能稱為理想，但還可以接受的語意。

「快諾（かいだく）」

慨然允諾。
爽快地答應受託之事

語彙力等級
★★☆☆☆

例句
突然のお願いでしたのに、ご快諾いただき、誠に恐れ入ります。
真的非常感謝您欣然允諾我所突然提出的請求。

解說 某家連鎖居酒屋每當有客人點菜時，就會回應「はい、喜んで！（非常樂意為您服務）」。這個詞彙正是呈現出這樣的語意，形容毫不猶豫或感到抗拒，爽快地直接答應。

「甘受（かんじゅ）」

甘願承受。面對不利於己的狀況，
不反抗而予以接受的狀態

語彙力等級
★★★★☆

例句
次々不幸に見舞われたが、それも運命であると甘受する。
雖然接連遭遇不幸，但就當作命運而甘願承受。

解說 形容將艱苦的事情當成甘甜之物予以接受。雖然無法認同也只能無奈地忍受。

情境 72

教わる

受教。提到培育自己成長的人事物時，有些人會想起學生時代對自己多所照顧的恩師面容，有些人則會想起一本書。受到教誨的方式也是人人不盡相同。

「教えを乞う」 請教。請求教導

語彙力等級 ★☆☆☆☆

例句

先生には、また何かと教えを乞う機会もあるかと存じます。

我想今後還是會有需要向老師求教。

解説 「乞う」是拜託、請求他人做出行動之意，例如「乞うご期待（敬請期待）」、「雨乞い（祈雨）」等。與請求他人允許自己的行動之「請う」在根本上是有所區別的。

「薫陶を受ける」 受到薰陶。直接師事優秀之人

語彙力等級 ★★★☆☆

例句

彼と私とは、共にM教授の薫陶を受けた仲間だ。

他與我都是受到M教授薰陶的學子。

解説 形容在品德高尚的老師身邊學習，並受其影響，品行修養亦隨之提升。這個詞彙的語源為，薰香以及捏土製作陶器。

「私淑（ししゅく）する」

私淑。
透過著作等間接學習

語彙力等級
★★★★☆

例句

芥川龍之介に私淑していた太宰治は、芥川の自殺に衝撃を受けた。

私淑芥川龍之介的太宰治，對於芥川的自殺感到相當震驚。

解說 並非直接獲得某人親自教授，亦不為對方所知曉，透過著作等私下學習。在現代，或許很多人是透過社群網站間接向憧憬的對象觀摩學習？

※何謂語言學

「謦咳（けいがい）に接（せっ）する」

親領教誨，直接見到所敬佩的對象，聽其談話

語彙力等級
★★★★★

例句

私は、K先生の謦咳に接することのできた幸運な世代である。

我是有幸接觸到K老師本人的世代。

解說 謦與咳皆為「咳嗽」之意。這是用來強調，能直接聽到某領域的權威、名人等廣受尊敬的大人物談話是何其幸運的詞彙。

情境
73
教え導く

教導。老師教導學生與師父教導弟子的旨趣不同。有些人會刻意、具體地做說明，有些則是採放任政策，子弟兵得靠自己的力量成長。教導方式也是形形色色，各有千秋。

「先導する」（せんどう） 引導。帶頭引領他人

語彙力等級 ★☆☆☆☆

例句

世界経済の回復を先導するのはやはり、米国であろう。

全球經濟復甦的領頭羊終究是美國。

解說 原意為站在隊伍前頭，引導後方之人。後來發展為也可以用來形容打頭陣做出榜樣或示範，促使他人跟進的詞彙。

「訓練する」（くんれん） 訓練。對當事人反覆進行教導，促其養成習慣或能力

語彙力等級 ★☆☆☆☆

例句

プレゼンテーションがうまくなるには、訓練するしかない。

欲提升簡報發表能力，唯有訓練一途，別無他法。

解說 如同逃生訓練般，透過實際演練，讓身體記住相關步驟。用於學習或工作上時，則是指透過反覆練習，達到自然就能做到的水準。

「指南する」

指導。教導武術或技藝

語彙力等級 ★★★☆☆

例句

少々嗜みましたが、指南するほどの腕前ではありませんよ。

只學過一點皮毛而已，技藝沒好到足以指導他人的地步。

解說 指南所指的教導內容相當限定。若在工作場合表示「ご指南ください」時，則是請他人指導電腦的使用方法或特別的工作技巧。

「感化する」

感化。自然而然地讓對方產生共鳴，給予影響

語彙力等級 ★★★☆☆

例句

勉強熱心な友人に感化されたのか、最近はよく勉強するようになった。

不知是否受到熱愛學習的朋友感化，他最近變得很愛念書。

解說 並非有企圖地積極推動，而是因為優質人物的存在，自然地影響周遭之人往好的方向轉變。

情境74 許す

原諒。道歉時所說的話，主要是想傳達「懇求原諒」的主旨。本單元則列舉了與此相關的詞彙。大多為請對方大人有大量，予以包涵見諒的說法。

「堪忍（かんにん）」 容忍。壓抑怒氣，包容忍耐

語彙力等級 ★★☆☆☆

例句

愚息がご迷惑をおかけしました。私に免じてどうかご堪忍を。

小犬給您添麻煩了，還請看在我的面子上不予追究。

解說 有句慣用語為「堪忍袋の緒が切れる（忍無可忍）」。以袋子來比喻忍耐的限度，形容怒氣或不滿已高漲到無法再忍耐的地步。

「猶予（ゆうよ）」 寬限。原諒延誤的情況，延長期限

語彙力等級 ★★☆☆☆

例句

恐れ入りますが、あと数日の猶予をいただけないでしょうか。

不好意思，能否再寬限幾天呢？

※電話費 催繳通知單

解說 原本是表示拖拖拉拉，猶豫不決，延遲實行的詞彙，現在則轉變為給予時間上的緩衝之意，例如「執行猶予（緩刑）」等。

「目(め)こぼし」

睜一隻眼閉一隻眼。看在眼裡卻刻意視而不見

語彙力等級 ★★★☆☆

例句

規則違反を知ってしまった以上、目こぼしするわけにはいかない。

既然已經被我知道違反規定，就不能睜一隻眼閉一隻眼。

解說 這句話與「大目に見る」同義。也可用來請求對方從寬處理，例如「今回だけは、お目こぼしを願えませんでしょうか（能否請您這次就睜一眼閉一隻眼呢）」。

「寛恕(かんじょ)」

寬恕。心胸寬大地原諒對方

語彙力等級 ★★★★☆

例句

ご寛恕のほど、どうかよろしくお願い申し上げます。

懇請您寬恕。

解說 主要用於央求對方原諒的情景。「寛」即形容對方心胸寬大，請求對方能寬容大度地原諒自己。相似詞為「海容(かいよう)（海涵）」。

情境 75

助ける

幫助。給予幫助的說法會隨著主詞與受詞而改變。尊長給予協助、對尊長提供協助，各有不同的說法，本單元便蒐羅了形容各種情況的詞彙。

「お力（ちから）になる」

出一份力。自己主動幫助對方

語彙力等級 ★☆☆☆☆

例句

微力ながら、お力になれればと存じます。

雖然幫不了大忙，但我願盡棉薄之力。

解說 力這個字加上「お」，亦即指稱對方的力量。這是用來形容主動表示願意成為對方的一份力量而貢獻心力的說法。

「補佐（ほさ）」

輔佐。在尊長身旁給予扶持

語彙力等級 ★☆☆☆☆

例句

及ばずながら、当日は補佐させていただきます。

當天由我為您效勞，力有未逮之處還請多包涵。

解說 跟隨當事人左右，提供工作上的協助。有時也會被用來當作職稱，例如「課長補佐」（＝協助課長之人）。

「お力添え（ちからぞえ）」

支援。幫忙他人的工作。
加上「お」，用來指稱對方的協助

語彙力等級 ★★☆☆☆

例句

恐縮ですが、お力添えをいただけないでしょうか。

不好意思，可以請您支援嗎？

解說 最常使用此字彙的情境為請求他人協助或道謝時。例如「皆さまの温かいお力添えを賜り、心から感謝いたします（衷心感謝大家伸出溫暖的援手）」。

「後見（こうけん）」

輔助。年長者或擁有一定地位者，做後生晚輩的後盾予以協助

語彙力等級 ★★★☆☆

例句

関白はあくまでも最高決裁権者である天皇の後見的存在であった。

關白充其量只是最高掌權者天皇的輔政大臣。

解說 年輕一輩被提拔為領導者後，有時身經百戰的幹部就會在背後坐鎮。日本則有對失智症患者等所推出的「成年後見」（監護）制度。

情境76 訪問する

訪問。「いらっしゃいませ（歡迎光臨）」是「来る」的尊敬語「いらっしゃる」，加上丁寧語「ます」的命令形所演變而來的。乃招攬客人入店的問候語。

「ご足労（そくろう）」

勞駕。

感謝對方特地來訪的客套說辭

語彙力等級 ★★☆☆☆

例句

遠路はるばるご足労いただきまして、ありがとうございます。

勞駕您遠道而來，真的非常感謝。

解說 這是用來體恤對方舟車勞頓之苦的詞彙。請讀者們一併記下感謝對方在天候不佳時來訪所用的「お足元の悪い中」說法。

「表敬訪問（ひょうけいほうもん）」

拜會。

為了表達敬意而造訪

語彙力等級 ★★★☆☆

例句

首相は、オリンピックで活躍した選手たちの表敬訪問を受けた。

首相接見了奧運奪牌選手們的拜會。

解說 並非因為具體要事找上門，只是為了向對方表達尊敬之意而登門拜訪。

「ご来臨（らいりん）」

光臨。

感謝賓客來訪，強調敬意的說辭

語彙力等級 ★★★★☆

解說 此字彙經常被用於宴會的邀請函或開場時的致詞。當有地位的人士露臉來訪時，也可直接以此字彙對其表達感謝。

例句

ご多用中恐れ入りますが、ご来臨の栄を賜りたくお願いいたします。

不好意思在您百忙之中提出這樣的請求，還請撥冗光臨。

「推参（すいさん）」

冒昧來訪。

前往拜訪對方的謙稱語

語彙力等級 ★★★★☆

解說 平常使用「うかがう」、「参る」、「お邪魔する」、「お訪ねする」（皆為拜訪、打擾之意）等說法便足以展現敬意，推参則是可用於書信等正式場合的詞彙。

例句

近いうちに、推参いたしたいと存じます。

這陣子我應該會冒昧叨擾您。

情境77 たずねる

提問。「きく」的漢字可以寫成「聞く」、「聴く」等，表示提出問題時則寫作「訊く」。問問題的方式也有很多種，像是溫和地引導對方思考做出回答，以及咄咄逼人地質問。

「照会（しょうかい）」

查詢。
詢問、調查不明白之處

語彙力等級 ★★☆☆☆

例句

コールセンターに電話し、パスワードを照会した。

致電客服中心查詢密碼。

解說 對持有資訊的機關，詢問、確認不明白之處。例如「身元照会（確認身分）」、「残高照会（餘額查詢）」等。

「詰問（きつもん）」

責問。
嚴厲地責備對方，要其做出回答

語彙力等級 ★★★☆☆

例句

連絡もなしに遅刻した部下を詰問する。

他責問了遲到而且沒有任何聯絡的下屬。

解說 認為對方的行為有錯，態度嚴厲地逼問。相似詞為「難詰（なんきつ）」。也請大家一併記住追究責任或缺點的「追及（ついきゅう）」一詞。

「穿鑿（詮索）」

せん さく

問東問西。
任何事都想知道、打探

語彙力等級
★★★☆☆

妳先生做什麼工作？
年薪多少？
要考幼兒園嗎？

例句

人の過去を穿鑿するのは、あまりよくないよ。

探問他人的過去，不是值得稱許的行為。

解說 「穿鑿」是指以鑿子挖洞。代表往下深挖之意，予人愛八卦又膚淺的印象。

「諮問」

し もん

諮詢。
針對政策等尋求意見

語彙力等級
★★★★☆

※主題 走出少子高齡化

例句

本件は審議会に諮問し、さらに世論を踏まえたうえで判断したい。

本案會送往審議會諮詢，並參考輿論進行判斷。

解說 政府或公家機關在決定政策前，向專家或特定機構尋求意見。諮詢委員會則會在調查、審議後回覆意見。

情境
78
事の成就や他人のために力を尽くす

為了完成任務或為了他人盡心盡力。「頑張る」、「精一杯」、「全力」、「一生（一所）懸命」……都是能傳達出認真努力態度的正面詞彙，本單元則蒐羅了更有深度的說法。

「気を揉む」

操心。
擔憂各種情況，勞神費心

語彙力等級 ★★☆☆☆

例句

Aさんは受験生を二人も抱えて、さぞかし気を揉んだことでしょう。

A太太家裡有兩位考生，想必相當操心吧。

解說 意即將一切看在眼裡，憂慮事情的發展。亦可形容為「焦燥感に苛まれる（焦躁難耐）」、「ジリジリする（焦心）」、「居ても立ってもいられない（坐立難安）」。

「奔走する」

奔走。為了讓事情順利發展，不斷努力，到處奔波

語彙力等級 ★★☆☆☆

例句

実現にこぎつけるため、資金集めに奔走した。

為了實現這項企劃，他四處奔走籌措資金。

解說 奔與走皆是代表快跑之意的字彙。相似詞為「東奔西走」。此外，四處張羅食材所準備的宴客菜則稱為「ご馳走」。

「心（こころ）を砕（くだ）く」

煞費苦心。

為了實現某件事而費盡心力

語彙力等級

★★★☆☆

例句

Aさんは会を成功させるために、何かと心を砕いてくださった。

A小姐為了成功舉辦這場活動，費了不少苦心。

解說 意指費盡心力到操碎了心的地步。相似說法有「腐心する」。形容憂愁煩惱，苦思到心都腐爛的程度。

「かいがいしく働（はたら）く」

夙夜匪懈。

一刻不得閒地辛勤勞動

語彙力等級

★★★☆☆

例句

体調をくずすと、田舎の母親が駆けつけ、かいがいしく世話をした。

住在鄉下的母親在他身體不適時急忙趕來，辛勤照顧其生活起居。

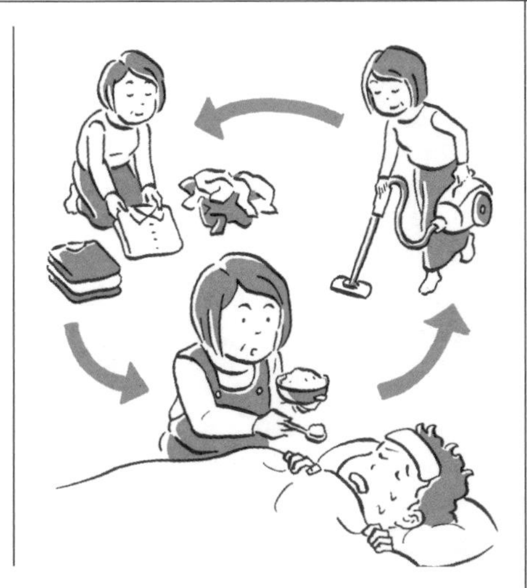

解說 做起事來得心應手，令旁人感到十分帶勁（＝かい，漢字為甲斐）充滿活力的工作態度。意即不辭辛勞十分熱心。

情境 79 人のことを頼りにする

倚賴他人。有時難免依靠他人，但若過於依賴則不可取。「依賴」的英文為「depend on」，反義詞則為「independent」，意即「獨立、自立」。身為大人應該要做到這一點才對。

「おんぶにだっこ」

極盡依賴之能事。事靠外援，凡事依靠他人

語彙力等級 ★☆☆☆☆

例句

新人とはいえ、何もかもA先輩におんぶにだっこではダメだぞ。

雖說是新人，但也不能任何事都倚賴A前輩處理。

解說 源自小孩又是要人揹，又是要人抱的依賴態度。形容凡事都受他人照料，毫不客氣或缺乏責任感的心態。

「頼（たの）みの綱（つな）」

救命稻草。關乎事情成敗，唯一能倚靠的人事物

語彙力等級 ★★☆☆☆

例句

どこからも断られてしまって、御社だけが頼みの綱なのです。

貴公司是我們四處碰壁，不段遭到拒絕的情況下，僅存的唯一指望。

解說 「頼む」在古語為倚靠、依賴之意。這個詞是以緊抓鋼索來比喻抓著一絲希望（一縷（いちる）の望み）的狀態。

「全幅(ぜんぷく)の信頼(しんらい)を寄(よ)せる」

寄予完全的信賴。
給予非常深厚的信賴

語彙力等級 ★★★☆☆

例句

社長は課長に全幅の信頼を寄せているので、例の事業は任せきりだ。

董事長對課長寄予完全的信賴，將那項事業全權交給他負責。

解說 「全幅」意即「全面」，也就是打從心底徹底信賴的態度。對這樣的狀況持否定看法時，則稱為「妄信(もうしん)する」。

「心丈夫(こころじょうぶ)」

定心丸。有人可以依靠而感到踏實安心的狀態

語彙力等級 ★★★★☆

例句

あなたがそこにいてくださるだけで、心丈夫なのです。

只要有你在身旁，我就覺得很放心。

解說 內心有依靠而覺得安心沒問題的樣子。類似說法有「大船に乗ったよう」。

情境 80

目をかけ、援助する

給予照顧、援助。扶持政治人物的組織為後援會（後援会）、對藝人給予支持的則是粉絲俱樂部（ファンクラブ）。對藝術家表達個人的支持，在經濟上提供援助的富豪則稱為贊助人（パトロン）。

「引(ひ)き立(た)て」

關照。給予關心，透過購買交易等方式提供援助

語彙力等級 ★★☆☆☆

例句

平素は格別のお引き立てを賜り、誠にありがとうございます。

平素承蒙您的大力關照，不勝感激。

解說 如同「引き立て役（幫襯、助攻）」的用法一般，「引き立てる」即為提供協助讓對方能處於理想狀態。「（ご）愛顧」則是意義相近的詞彙。

「贔(ひい)屓(き)」

惠顧。經常光顧某家店或支持某位演員

語彙力等級 ★★☆☆☆

例句

あのAさんも、私どもの店をご贔屓にしてくださっています。

A也是我們店內的常客。

解說 這是取自「依怙贔屓（えこひいき）」一詞的「贔屓」，也就是偏愛特定的某家店，給予援助。人氣歌舞伎演員則有一票固定捧場的常客（贔屓筋）。

「寵愛（ちょうあい）」

寵愛。在上位者特別疼愛某在下位者，給予優厚的對待

語彙力等級 ★★★★☆

例句

社内体制が変わり、新社長の寵愛するメンバーが中心になった。

公司的人事安排大風吹，新任社長所疼愛的子弟兵成為中心人物。

解說 這原本是代表男女之情的詞彙，例如「天皇が后（きさき）を寵愛する（天皇寵愛皇后）」，現代則用來形容所有展現特別關愛的情況。

「厚誼（こうぎ）」

深厚的情誼。

用來感謝對方的支持、援助或陪伴

語彙力等級 ★★★★★

例句

生前はひとかたならぬご厚誼にあずかり、御礼申し上げます。

故人生前承蒙您的高情厚誼，不勝感激。

あけまして
おめでとうございます
旧年中はひとかたならぬ
ご厚誼を賜り
深く感謝申し上げます

※恭賀新禧。
過去一年承蒙您的厚愛，
在此致上最深的謝意。

解說 此字彙與「引き立て」、「贔屓」的意思相近，不過「厚誼」還可以單純用來表示朋友、親戚之間相處融洽的情況。

情境 81

友人

友人。有個詞彙為「悪友（損友）」，指的是相處起來有害無利的朋友。只不過，有時也會因為感情要好，而故意以此稱呼好朋友或玩伴。朋友是人生中的瑰寶。

「同志（どうし）」

同志。擁有相同目標的友人

語彙力等級 ★☆☆☆☆

例句

社内で同志を募り、勉強会をスタートさせた。

在公司內召集志同道合的夥伴，成立了讀書會。

解說 不單只是感情好，而且還是共同奮鬥的夥伴。據聞同志社大學也是出自「志を同じくする者が創る結社（懷有相同志向者群起結社）」的信念而以此命名的。

「竹馬の友（ちくばのとも）」

竹馬之友。幼年時的朋友

語彙力等級 ★★☆☆☆

例句

竹馬の友と仕事相手として再会し、感慨にふける。

與竹馬之友因為工作而重逢，真令人感慨萬千。

解說 這句話往往會被誤解為玩竹馬（たけうま）時期的朋友，其實竹馬（たけうま）（採高蹺）與竹馬（ちくば）是完全不同的玩具。在古代中國，將一根竹子當作馬騎的玩具才是竹馬（ちくば）。

「知己（ちき）」

知己。好朋友

語彙力等級 ★★★★☆

例句

昔からの知己である君の活躍は、我が事のように嬉しい。

看到你這位生平知己如此活躍，真替你感到高興。

解說 對自己知之甚詳的好友。相似的詞彙為「知音（ちいん）」，意指能透過樂器音色認出自己的好朋友。

「畏友（いゆう）」

畏友。值得敬畏的朋友

語彙力等級 ★★★★★

例句

我が畏友A君の紫綬褒章受章を祝う会を開催します。

為我值得敬畏的朋友A舉辦紫綬褒章獲獎慶祝會。

※紫綬褒章獲獎慶祝會

紫綬褒章受章を祝う会
為大家介紹我值得敬畏的朋友。

解說 令人相當敬重甚至感到惶恐，非常優秀的朋友。俳句詩人與和歌作家正岡子規，便稱呼夏目漱石為畏友。

情境 82

教訓とする

記取教訓。遭遇失敗時，若能記取教訓活用於下一次的機會上，也算是有所收穫。凡事秉持著「糧（かて）にする」、「肥（こ）やしにする」（皆為吸收經驗有所成長進步之意）的心態是很重要的。

「反面教師（はんめんきょうし）」

負面教材。壞榜樣

語彙力等級 ★☆☆☆☆

例句

マナーの悪い大人を真似せず、むしろ反面教師にしてもらいたい。

希望孩子們借鏡沒禮貌的大人，而非有樣學樣。

解說 意即不好的示範。以他人不可取的言行作為警惕，教導「不可以這樣」的觀念。

「肝（きも）に銘（めい）じる」

銘記在心。牢牢記住，如同將話語或教誨刻在心上

語彙力等級 ★★☆☆☆

例句

先輩の言葉を肝に銘じて、これからも精進いたします。

我會將前輩的話銘記在心，今後也會不斷精進。

解說 取自鐫刻於金屬或石頭的意象，強調永不忘記的決心。亦稱為「脳裏（のうり）に焼き付ける」、「心に留める」、「噛みしめる」。

「血肉(ちにく)とする」

消化吸收。將所學之物轉化成生活養分

語彙力等級 ★★★☆☆

例句

学校での勉強を血肉にするのは、なかなか難しいようだ。

要將在學校所學的東西內化為自己的知識，似乎挺難的。

解說 血肉可讀作ちにく、けつにく。「消化する」與「血となり肉となる」所代表的意思相同。意即確實融會貫通，轉化為自身的智識。

「他山(たざん)の石(いし)」

他山之石。即便沒什麼大不了的事物，也能多少帶來參考

語彙力等級 ★★★★☆

例句

他山の石ぐらいにはなるかもしれないので、私の経験を話します。

說一下我的經驗，或許可以為你提供一點參考。

解說 這句話是指別座山上粗劣的石頭，也能用來琢磨自身的美玉，因此「先輩の生き方を他山の石にします（我要將前輩這個人當成他山之石）」是很失禮的說法。

情境 83

自分のものをへりくだって言う

謙稱有關自身的事物。贈禮時會説「心ばかりの品ですが」、「つまらないものですが」、「粗品ですが」（皆代表小小心意，不成敬意）是日本人的特色。謙虛稱呼自己的説法，會根據事物使用不同的詞彙。

「弊（へい）」

敝。用來稱呼公司等

語彙力等級 ★★☆☆☆

例句

弊社も、本年で三十周年を迎えることができました。

敝公司將於今年邁入三十週年。

解説 從「弊害」、「疲弊」等詞彙便可得知，「弊」是形容有害、破破爛爛的負面字彙。還可以用「小社（しょうしゃ）」來謙稱自己的公司。

「愚（ぐ）」

愚。用來稱呼想法

語彙力等級 ★★★☆☆

例句

この件に関し、愚考を少しお聞きいただければと存じます。

關於這件事，想請您聽一下我的愚見。

解説 形容自己的意見會説「愚見」、「愚考」。從前曾有「愚妻」、「愚息」的説法，但近年來已不太以愚字謙稱自己的家人。

「拙(せつ)」 拙。用來稱呼文章、著作等

語彙力等級
★★★☆☆

例句

その点を解明するのは拙稿の目的ではないので、それは脇に置く。

拙作的用意並非在於釐清此點，因此不予討論。

解說 以「拙(つたな)い」（拙劣）來表達謙遜。常在古裝劇聽到的「拙者(せっしゃ)（在下）」這個第一人稱，也是謙虛說法。其他像是，將住家說為「拙宅(せったく)（寒舍）」，將書說為「拙著(せっちょ)」。

「浅(せん)」 淺。用來稱呼學識或思慮

語彙力等級
★★★★☆

例句

私どもの浅慮では、A様の意図をはかりかねております。

是我們思慮不周，不明白A您的用意。

解說 謙稱自己缺乏深遠的學識或想法。例如「浅学（淺学菲才）」、「浅見(せんけん)」、「浅慮(せんりょ)」等。

COLUMN 5

確實區分選用正確的漢字

「逢う」一字會讓人聯想到戀愛方面的邂逅，相對於此，「遭う」則予人遭遇交通事故等負面事物的觀感。本單元蒐羅了在選字時令人感到迷惘，懂得區分意義時便能正確表達語意的單字。此外，像是「以外な事実」（正確為意外）、「交通費を清算する」（正確為精算）就是很明顯的選錯字，還請多加留意。

「早い」與「速い」

「早い」指的是較前的時段或時期，也就是初始階段。「速い」是表示動作的速度。「早い電車」代表早上很早的電車，或是為避免太趕而搭早一班的電車。「速い電車」則是指特快車、快車等行駛速度較快的電車。

「表す」與「現す」

將內在事物顯現於外即為「表す」，像是「気持ちを言葉で表す（透過話語表露情緒）」、「不快感を顔で表す（面露不悅）」、「しくみを図で表す（以圖表說明機制）」等。「現す」則是出現之意。「姿を現す（現身）」、「正体を現す（露出真面目）」、「頭角を現す（嶄露頭角）」等皆為常見的用法。

「始め」與「初め」

「始め」為動詞「始める」的名詞化。意指著手行動、開始的階段。能否轉換為動詞就是區分這兩個字的關鍵。「初め」如同「最初」，指的是第一個、時間上較早的階段。例如「年の初め（年初）」等。

「収める」與「納める」

「収める」為得手（勝利を収める＝獲得勝利）、形成安定狀態（騷動を収める＝平息騷動）之意。「納める」是指將金錢或物品存放在預定的地方（税金を納める＝納稅、遺骨を納める＝納骨）。除此之外，也代表終結之意，例如「仕事納め（過年前最後上班日）」、「納会（年終集會）」。

第 6 章

通俗口語

換句話說更到位

無論一個人擁有多資深的經歷，若開口閉口都是年輕人用語或流行語時，不免予人輕佻的感覺。有鑑於此，本章將同樣的發言內容代換成亦可作為書面語使用的詞彙，並舉出各種替代說法，來避免某些直說會顯得失禮的字句。還請讀者們在說話時回想起本章內容，巧妙迴避NG說辭。

情境 84 | すごい

厲害。「凄し」原本是指恐懼到令人背脊發涼的程度。後來才演變為「事物美好或優秀到令人感到戰慄的地步」之意。遺憾的是，這個詞彙在現代已失去如此深遠的意涵。本單元則蒐羅了聽起來不輕浮，又能表達出尊敬之意的說法。

「秀逸」 優秀傑出

與其他人事物比較，顯得出眾優異。逸為「逸品」的逸字。古代在詩詞歌賦等選拔評比中，會將表現傑出者評為「秀逸」。現代也經常使用「秀逸の出来（實屬佳作）」的說法。

「卓越」 卓越

出類拔萃、卓絕超群。用來形容程度超乎其他事物，技壓群雄的詞彙。相似詞有「抜群」、「傑出」等。

「感銘を受ける」 深受感動

亦出現於「座右の銘」的銘字，意指將文字刻鏤於金屬或石頭。形容因感動而鐫刻於心，牢記不忘。聽到對方分享經驗談或受到鼓勵時，就可以使用這個說辭。

「すごい」與「とても」一樣，也可用來形容事物的程度。「すごくよかった（非常好）」的說法並無不妥，但像是「すごくすごくよかった」這種重複同一個字，或「すごいよかった」這種文法上接續形態不正確的措辭，皆屬NG用法。

情境 85 マジで

真的。這是指真實、認真之意的詞彙。一般認為是「真面目に」的簡化說法。簡稱聽起來往往容易流於輕浮，以其他說法來代替會比較理想。此外，幾年前在年輕人之間更進一步發展出「卍（まんじ）」這個進化（？）版說法。

「全(まった)くもって」完全、實在

加上「もって」是為了表示強調，整句話即為「完全，真的是」之意。這是比較古典、莊重的措辭，比起再三重複同一個字的「マジで、もうマジで」的說法，更顯得鏗鏘有力。

「誠(まこと)に」真誠地

「マジで悪い、すまん（真是有夠不好意思的啦）」的成熟穩重版說法為「誠に申し訳ありません（實在很抱歉）」。毫無虛假的真實即為「誠」，因此這是能令人感受到真心誠意、誠懇態度的說法。

「心(こころ)より」由衷地

打從心底，真心之意。常見用法為「心よりお礼申し上げます（獻上我最真摯的感謝）」。書信等較為正式的場合，還可使用「衷心(ちゅうしん)より」（衷代表真心）的說法。

「マジで（＝本気で）取り組む（認真以對）」可以替換成「真摯に」、「腰を据えて」、「本腰(ほんごし)を入れて」等說法。

情境 86｜超

超級。「超ヤバイ（超不妙、超誇張的）」是典型的年輕人用語，說出口的瞬間會顯得幼稚，因此請讀者們記住較為中規中矩的說法。此外，若能透過數值描述時，便無須使用「超」或副詞來形容，直接具體地表達程度即可。

「実に（じつ）」實在

不是假設，而是確鑿的現實之意。使用此字彙時大多含有讚嘆的意味，例如「彼の話術（わじゅつ）は実に見事だ（他的話術實在高明）」、「実に助かる（實在幫了大忙）」。

「並外れた（なみはず）」非比尋常

超乎常規，形容大幅超出普通的品質、能力與程度。通常會被用於肯定的說法，像是「並外れた努力（非比尋常的努力）」。「並々でない」、「非凡だ」也是同樣的涵義。

「はなはだ」極其

這是「甚だしい」去掉語尾所轉變而成的副詞，屬於較為文言的說法，能增添話語的分量感。這也是漢文中傳統的男性用語。更古典的用詞則是「いたく感謝する（甚是感謝）」的「いたく（甚く）」。

補充

原本「超」是表示超越之意的字彙。比如「超満員」是指超過上限人數的擁擠狀態、「超現実的」則是指超出現實，現實中不可能發生的情況。

情境 87 ｜ ウケる

好笑、滑稽。「ウケる」一詞一般認為是從接受掌聲、喝采的説法所衍生而來的，代表「好口碑」、「獲得好評」之意，但現在似乎單純被用來表示「有趣」、「好好笑」。這個説詞如同拍手哈哈大笑般予人粗俗的印象，因此請換個方式來表達。

「興味(きょうみ)深(ぶか)い」 饒富興味

「ウケる」以英文來表示為funny，「饒富興味」則是interesting，帶有一種引發知性好奇心的況味，整體語感較為文雅。近義說法則有「興味をそそられる（かきたてられる）」（引起興趣）、「刺激的だ」。

「笑(わら)いを誘(さそ)う」 引人發笑

「誘う」是表示吸引他人的注意，讓人產生某種情緒之意。不管是發笑還是其他反應，使用「～を誘う」的說法便能顯得言簡意賅。

「反響(はんきょう)がある」 引起反響

反響是指，如山谷回音或回聲般，音波被山峰或牆壁反射回來，而再度聽到聲音的現象。由此衍生出世人對問世的作品或產品有所反應的涵義。

當一個人的言行顯得知性風趣時，就可以形容為「ウィットに富(と)んだ」、「エスプリの効いた」（皆代表機智詼諧之意）。

情境 88 かわいい

可愛。日本的流行文化以「kawaii（可愛）文化」之姿，揚名海外。這個詞彙的使用範圍非常廣泛，像是原宿的穿搭風格、寶可夢的角色，全都可以用「カワイイ！」來形容。盡可能細膩地區分説法是較為理想的。

「愛(あい)らしい」惹人憐愛

用於兒童或年輕女性的詞彙。形容外表楚楚可憐，引起周遭人們的疼惜之情。與「かわいらしい」、「可憐な」幾乎同義。

「チャーミング」迷人

充滿魅力的樣子。是比「愛らしい」的程度更為強烈一些的詞彙。這是因為其字源charm，也被譯為魔力的緣故。形容強烈吸引周遭人們，擁有誘人的風采、讓人為之傾倒的魅力。

「お茶目(ちゃめ)な」古靈精怪

這是形容活潑可愛的詞彙，尤其著眼於性格方面。用來指稱會做些無傷大雅的惡作劇，天真無邪又爛漫、讓人無法討厭的人。

「かわいい」以漢字來表示時寫作「可愛い」，代表「足可令人愛上」之意。看待情人或喜歡的藝人時會說「牙齒亂得好可愛」、「動不動就鬧彆扭好可愛」等，就連一般認為不可愛的部分，也會覺得「かわいい」。

情境 89 とりあえず

總之、姑且・漢字寫作「取り敢えず」，代表「必須緊急、立刻行動，甚至無法取得應準備好的東西」之意。意即迅速應對、優先於其他事物。但卻逐漸演變為「未做好十足的準備，先試試看再說」這種較為輕鬆隨興的語意。

「さしあたり」當前

形容目前正面臨某件事。「さしあたり○○する」則是指「目前有課題待解決，對此，這段時間先以○○的方式因應」的情況。

「仮に」暫且

暫時先應急之意。與現代的「とりあえず」幾乎同義。不過，這個詞彙的語感較為莊重，不像「とりあえず」呈現出一種馬虎隨便，不誠懇的感覺。

「暫定的に」暫定

並非最終決定，而是在正式拍板定案前的臨時對策，例如暫定政權（臨時政府）。此外，當此對策過於急就章地粉飾太平時，亦稱為「弥縫策」。

「とりあえず対処する（總之先處理再說）」的反義說法有「抜本的に」、「根本的に」、「本質的に」等。

情境 90 太っている（男性）

肥胖（男性）。有時沒有惡意，覺得無傷大雅的話語，卻有可能踩到對方的地雷。談論他人的外貌基本上是有失禮儀的行為，不過也確實存在著各種描述與形容，一起透過本單元來了解帶有正面意義，又比較不傷人的相關說法。

「恰幅（かっぷく）のいい」 魁梧

虎背熊腰，主要形容肩膀和肚腹寬大，尤其是指腹部凸出的樣子。很多人討厭中廣身材，不過據說和服要有一點肚子穿起來才好看。

「貫禄（かんろく）がある」 儀態威嚴

形容身材所帶來的威嚴感。這是指體態所呈現出的厚重感與氣勢，因此身形有一定的分量會比較顯得威武。此外，熟人之間聊天時提到「近頃、貫禄が出てきたじゃないか（某某人最近變得很有威嚴呢）」，則大多是在嘲弄對方發福。

「頼（たよ）りがいのある背中（せなか）」 結實、壯碩

如同「貫禄がある」的說法，將焦點放在體態豐腴給人的正面印象上。這句話能呈現出當事人的穩重可靠感。

補充　談論女性豐腴身材的禁忌指數遠勝男性，應盡量避免。

情境 91 ｜ 痩せている

清瘦。對於正在努力減肥的人而言，也許會很羨慕身材清瘦的人，然而瘦子當中或許也有人為此感到自卑。這也是屬於不太能觸碰的話題，本篇則列舉其他説法做介紹。

「華奢（きゃしゃ）な」纖細

身形單薄，散發出優雅的氣質。因為瘦而給人纖細、柔弱的印象。當男性形容女性有著「華奢な肩」時，便隱含著想當護花使者的心意。

「スレンダーな」苗條

細瘦，勻稱的體型。不光只是瘦，而且還像模特兒般高挑修長。常見的用法為「スレンダー美人」。

「しゅっとした」纖瘦有型

這是從大阪話所發展而來的詞彙。不單指身材纖細，還形容洗鍊、充滿都會氣息，穿著打扮有品味的樣子。

從前經常使用「スマート」一詞來形容瘦，現在「スマート」則更常用來指稱智能或簡約幹練的風格，像是「スマートフォン（智慧型手機）」等。

情境 92 日焼けしている

曬黑。每當夏天的腳步接近時，防曬產品的宣傳就會變多。現在追求美白的人似乎很多，而且不分男女。話雖如此，喜愛戶外運動，膚色黝黑者也大有人在。聊到膚色時該怎麼表示才得體呢？

「小麦色の肌」小麥色肌膚

（こむぎいろ／はだ）

這是很經典的說法。小麥色是指收成期的小麥顏色。JIS（日本產業規格）的色彩規格則定義為「帶有淺紅色調的黃」。亦即有光澤、偏黃的褐色。

「健康的な」健康膚色

（けんこうてき）

看起來很健康的樣子。若膚色白皙，但顯得蒼白不健康的話也不甚理想。稍微曬黑一點，能呈現出爽朗、健康的感覺。

「アウトドア派」戶外派

（は）

與其說是形容膚色狀態，這個詞彙主要是將焦點放在曬黑的過程上。覺得對方比之前看起來黝黑時，就可以用「どちらかへお出かけですか（要去哪玩呢）」、「ゴルフですか（去打高爾夫嗎）」、「アウトドア派なんですね（看來您是戶外派呢）」之類的說法來打招呼，藉此開啟話題。

形容膚色白皙的說法為「雪の肌（雪白肌膚）」。也有句俗話叫做「色の白いは七難隠す（一白遮三醜）」（しちなんかく）。之所以稱呼秋田縣的女性為「秋田美人（秋田小町）」，正是因為當地女性大多肌膚如雪的緣故。

情境 93 | 老けている

老成・外貌與年齡相符是最為理想的狀態，不過有些人就是會顯得比實際年齡稚嫩或蒼老。尤其是30歲過後，應該有很多人希望自己看起來年輕有活力吧。在這樣的風潮下，說人家顯老恐怕會讓對方很不高興……。

「大人(おとな)びた」 成熟穩重

這是可用於年紀尚輕之人的詞彙，例如10幾歲、20幾歲，極限應為30歲前半左右。不光是外表給人的感覺，從內在散發出成熟韻味即為「大人びた」。是稱讚對方態度沉穩、從容的用語。

「ダンディな」 紳士

形容男性瀟灑洗鍊的樣子。注重穿著打扮，但又不會太過刻意，令人感受到成熟男性的餘裕。不單指髮型、服裝等外貌，還包含了言行舉止皆顯得氣度非凡。

「いぶし銀(ぎん)」 老練

銀一般為具有光澤的白色金屬，但被燻過或放久了以後，就會轉變成深灰色，這就是いぶし銀。用來形容乍見之下不起眼，卻具有非凡實力或魅力的人物（例：いぶし銀の演技，精湛老練的演技）。是一種屬於大人的成熟魅力。

補充

對男性表示「你看起來很年輕耶」其實是一把雙刃劍。這是因為有些人被誇外貌年輕會感到高興，有些人則認為這樣是不是代表自己看起來不可靠，而不怎麼領情的緣故。不妨換個說法，從別的角度來描述，例如「さわやかですね（看起來很陽光）」、「みずみずしさを失わないですね（保養得真好）」等。

情境 94 | イケメン

帥哥・據說這是由イケている（長得好看）加上「面」，抑或「men（man的複數形）」所演變而來的詞彙。舉凡帥哥男演員、帥哥店員、帥哥運動員等，被廣泛使用於各種領域。還有形容一個人心很帥氣的用法，不過本篇只針對容貌列舉相關詞彙。

び もく しゅう れい

「眉目秀麗」眉清目秀

意即眉毛、眼睛這兩個部位俊秀美麗。若再加上好看的鼻子，則可以形容為「目鼻の整った顔立ち（相貌堂堂）」。面貌姣好亦可稱為「端正（たんせい）」、「ハンサム（英俊）」、「男前（俊帥）」。

だ て おとこ

「伊達男」型男

這是誕生自江戶時代的詞彙。意指引人注目，打扮入時的男性。不單只是穿著時髦，而且兼具男子氣概的瀟灑男性。相傳這是將「男を立てる（維持男人的體面）」的「男立て」，結合仙台藩主伊達正宗之名所形成的詞彙。

にが ばし おとこ

「苦み走ったいい男」陽剛熟男

這是形容壯年男性英姿煥發的詞彙。壯年原指30～40歲世代，但現代人長壽，因此將50世代含括進來也未嘗不可。指稱面容成熟、剛毅俊朗之人。

形容美女的典雅說法有「立てば芍薬（しゃくやく）、座れば牡丹（ぼたん）、歩く姿は百合の花（站如芍藥，坐若牡丹，行似百合，搖曳生姿）」。形容美麗女性的一舉手一投足皆美到能以花朵來比喻。

情境 95 尊い

尊貴。「尊い」代表「身分高貴」、「非常有價值」之意，是長年為人所熟悉的詞彙，但近年來卻成為網路流行用語，發展出獨特的涵義。經常可看到形容人物角色或影視作品「〇〇尊い……（太神了、神還原）」的說法。

「崇高（すうこう）」崇高

高尚、偉大的樣子。形容散發出無法讓庸俗之輩輕易靠近的氣場、完美無瑕到令人懷抱敬畏之情。

「麗（うるわ）しい」秀麗

這是古文也會使用的字彙，原本是形容嚴謹的態度，例如襯衫最上面的鈕子也會確實扣好，這種一絲不苟的作風。後來才逐漸轉變為形容相貌端正、美麗的模樣。

「余人（よじん）をもって代（か）えがたい」無可取代

「余人」是指其他的人，也就是除此以外的人。形容旁人無法取代，擁有獨一無二的價值。「唯一無二」、「かけがえのない」，以及比喻無人能與其相提並論的「比類（ひるい）ない」皆為近義詞。

補充

現代語的「ありがたい（令人感恩）」，原本是指「有り難し」，也就是難得存在，亦即美好到一般難得一見的程度。而「尊い」也有點類似這樣的語意。

情境 96 終わってる

走入歷史。流行會不斷改變。引爆熱潮的事物在退燒後，會更令人感到唏噓。近年來出現了將過時落伍的作品或產品稱為「オワコン（終わったコンテンツ，過氣）」的說法，不過這個詞彙本身可能也會在不久的將來過時變成オワコン也說不定。

「前世紀の遺物」上個世紀的遺物

意即很久以前所留下來的東西。話雖如此，並不是像文化遺產般具有發揚傳統文化的價值。指稱維持著舊貌遺留至今，但已不適用於現代的事物。

「尻すぼみ」每況愈下

形容事物的規模或氣勢，愈接近尾聲變得愈小、愈弱的樣子。亦即不斷失速往下墜的狀態。這與頭為龍、尾為蛇的「竜頭蛇尾」同義。

「斜陽」日落西山

原指往西邊落下的夕陽，亦可用來指稱繁盛的事物不敵新興勢力逐漸沒落的情況，例如「斜陽産業（夕陽產業）」。這個說法受到太宰治的《斜陽》極大的影響。這是描寫二次大戰後沒落貴族家庭的小說。

補充

形容人氣不再、凋零的說法還有「下り坂になる」、「下火になる」「凋落する」、「人気が失墜する」、「零落する」、「見る影もなくなる」。

情境 97 ｜ これから来る！

後勢看漲。今後有可能引爆熱潮的藝人、作品或商品會被形容為「これから来る」、「次に来そうな〇〇（下一波爆紅預感）」。原本的説法為「ブームが来る（熱潮來臨）」，後被省略成「来る」。本篇則著眼於該怎麼説才能完整表達語意。

「成長株（せいちょうかぶ）」潛力股

這是從股票投資所衍生而來的詞彙。「株」原意為企業的股份。「成長株」則是指將來業績可望蒸蒸日上的企業股份。後轉變為亦可用來形容前途備受看好的人才。

「末恐ろしい（すえおそろしい）」後生可畏

「末」為「將來」之意。想到將來不知會如何，不禁感到恐懼擔憂。既可單純用來表示對未來感到不安的心境，亦能當作讚美之詞使用。用來比喻某對象照這樣順利成長下去，不知會成為多了不起的人物，光想像都覺得驚愕之意。

「新進気鋭（しんしんきえい）」後起之秀

形容新出現於某領域的人物，充滿幹勁，氣勢萬千，前途不可限量的樣子。亦即才華洋溢的年輕世代。例句「今回は新進気鋭のデザイナーに任せることにした（這次交給新銳設計師來操刀）」。

補充

備受周遭期待的新人會被稱為「ゴールデンルーキー（黃金新秀）」、「大型ルーキー（重量級新人）」、「期待の新星」等。更文謅謅一點的說法則有「将来を嘱望（しょくぼう）される人材」、「麒麟児（きりんじ）」。

情境 98 やられた！

被擺了一道。「やられた！」現在似乎已演變為等同「おおっ（噢）」、「えっ（欸）」之類的感嘆詞？受他人連累、遇到壞天氣，覺得受害不走運時，就會想令人高喊「やられた！」。

「まんまと騙（だま）された」被騙得團團轉

「まんま（原原本本）」的語源為「うまうま（上手上手）」。在古代，得意洋洋地表示「まんまと騙してやった（把人騙得團團轉）」的用法占大宗。「まんまと騙された」則顯露出因為正中對方的計謀而感到懊悔的情緒。

「出（だ）し抜（ぬ）かれた」被搶先一步

虎視眈眈，違背約定而先行做出行動即為「出し抜く」。這個說法能傳神表達出信賴對方卻遭到背叛，以及被拋棄的悔恨情緒。

「意表（いひょう）を突（つ）かれた」出人意表

「意表」又可稱為「意表外」，是與「予想外」通用的詞彙。夏目漱石在《從此以後（それから）》曾寫道：「平岡的提問，著實出人意表（実に意表に）又天真無害地在代助心中激起一陣漣漪」。意即被觸及未料想到的部分而感到驚訝。

「やられた！」大多用來表示懊悔的情緒，不過也可以用來稱讚對方高明巧妙的手段或難以抗拒的魅力。

情境 99 ぶっちゃけ

講真的。據説這是由木村拓哉先生帶動流行的詞彙。儘管能生動表達對人説出真心話（ぶっちゃける＝挑明、坦白）的氣氛，但是屬於語感稍嫌粗魯的年輕人用語。本篇則列舉了較為成熟穩重的説法。

「ありていに言(い)うと」說實話

ありてい（有り体）為原原本本，也就是沒有虛假謊言，據實以告之意。但一般不會說「ありていに言うと、素晴らしいです（老實說，我覺得很棒）」。即便是不好的消息，也不加掩飾，有話直說才是這句話所要表達的語意。

「率直(そっちょく)に言えば」坦白說

不迂迴客套，坦率地說出自己的想法。即便是尊長或朋友等自己所重視的對象，也把所有的顧忌先放一邊，犀利地指出缺點。

「単刀直入(たんとうちょくにゅう)に」單刀直入

這是出自中國古籍的詞彙，原意為單獨一人帶刀殺進敵營。後轉變為說話不拐彎抹角，立刻進入正題之意。請留意勿寫成「短刀直入」。

形容吐露真心話的慣用語還有「歯(は)に衣着(きぬき)せない」、「気兼(が)ねなく」、「腹蔵(ふくぞう)なく」、「胸襟(きょうきん)を開く」等。

情境 100｜それな

沒錯。「それな」是年輕人之間用來當作回應的詞彙，意即表示同意「的確是這樣」。跟朋友聊天時，這或許是一個方便用來表達共感的說法，但無法對尊長使用。本篇則針對穩重優雅的回應方式做介紹。

「おっしゃる通りです」如您所言

使用尊敬語「おっしゃる」來表達贊同對方所說的內容。「同感です」亦然。古典的說法則是「仰せの通りです」。但這個說法只適用於年齡差距很大的長輩。

「まさしく」正是如此

覺得對方所說的內容正確無誤，表示認同。較為直白隨興的說法則是「どんぴしゃ（り）」。這跟「なるほど（原來如此）」有異曲同工之妙，若頻頻以「なるほどですね」來回應時，反而會令人覺得只是虛應故事，沒認真在聽。

「さようですか」原來是這樣啊

常見於服務業的回應方式。「そうですか」的「そう」轉為「さよう」。這個說法雖有點古早味，但能營造典雅的語感。與「ええ」搭配使用時，就會顯得文雅有禮。

附和、回應的基本就是接納對方所說的話。因此應避免以「でも（可是）」、「しかし（但是）」、「いや（不過）」等提出反駁，或用「ところで（是說）」、「そういえば（話說）」來轉移話題。

情境 101　ないわ～

太扯了・覺得非常誇張不合理而感到錯愕的樣子。「ありえない（不可能啦）！」也是同樣的語意。對於遠超出常規的事物感到驚訝、傻眼的狀態。本篇則列舉了用來形容無關個人好惡，任何人看了都會感到不對勁的說辭。

「あるまじきことだ」非常不應該

「まじき」（終止形為「まじ」）是表示「不可以～」代表禁止之意的助動詞。這是用來強調某件事違反道德，相當異常的說法。

「言語道断（ごんごどうだん）だ」豈有此理

原本為佛教用語，意指真理深奧微妙，無法以言辭表達。過去多半用來指稱難以言喻的美妙，現代則專指糟糕到令人說不出話來。

「常識（じょうしき）に欠（か）ける」沒常識

在明治時代西洋化階段，「常識」成為「common sense」的譯詞而一舉躍上檯面。意指社會人士理應具備，而且該確實具備的知識、判斷力。而這句話就是指責對方居然連最基本的觀念都沒有之意。

補充

「もってのほかだ（荒謬）」、「問答無用（もんどうむよう）でダメだ（講不通）」、「突飛（とっぴ）過ぎる（離譜）」等也是形容對超乎常規的異常事物感到訝異的詞彙。

COLUMN 6

先人於明治維新時期集思廣益所創造的詞彙

由於漢字一詞是由漢（中國古代國名）與字所組合而成，因此音讀的詞彙往往會被認為是從中國傳入的，其實，也有很多用語是日本原創的。明治維新前後則是創造最多新詞的時期。像是「憲法」、「自由」、「失恋」等都是日本發明後再傳回中國的單字。

①日本人新創的詞彙

日本於開國後，在政治與自然科學各方面，接觸到大量從西洋傳來的新概念。為了表達這些以往在中國與日本未曾見過的事物，日本人遂開始創造新詞。比方說「彼女（她）」就是為了翻譯「she」這個洋文代名詞所發明的詞彙。在這之前日本的代名詞並無性別之分，一概以「彼（他）」稱之。

新詞例：「個人」、「階級」、「投票」、「新婚旅行」、「彼女」

②中文漢語的轉用

利用原本存在於中文，但在當時已不太被使用的詞彙作為轉用。因此多少會與中文原意有些出入。

『経済』

原本為經世濟民，意即治理世事，濟助人民。就整體意義而言較為接近「政治」，但已成為economy的固定譯詞。

『権利』

在《史記》是指權力與利益，但哲學家西周則將此當作right的譯詞使用。當時也有人使用「権理」、「民権」當作譯詞。

結語

感謝大家撥冗閱讀。期盼本書能成為讀者們接觸各式詞彙的契機，這會令我感到無比欣慰。

除了想幫助大家學習不懂的詞彙外，還想為讀者們提供重新認識已知用語的機會，因而讓我執筆寫下本書。有時以為知道意義的字詞，其實只是一知半解的情況亦所在多有。所以我想協助大家察覺這些詞彙，進而提升日常語彙程度。

本書借助了插畫家白井匠先生的畫功，旨在為每一個詞彙打造出具體意象。希望讓讀者們一看就能感受到「原來這個詞彙是這個意思啊！」這是因為有所體悟確實理解，才能將這些字詞內化為自身知識的緣故。

在此要向讀完本書的讀者們推薦造句這個方法。有別於本書所收錄的例句，請讀者們想像各種日常情景來造句。

就學習而言，輸出就是最有效的輸入。實際發揮使用，才能牢牢記住。再者，真的要開始造句時，就會想釐清各種纖細的語感，進而有機會再度思考該詞彙所代表的意義，加以徹底理解。

此外，欲養成平時多接觸詞彙的習慣，筆者建議使用兩本以上的國語（日語）辭典。每本字典對詞彙所下的定義，以及所舉的範例皆不相同，查閱比較各家的內容，更能促進理解。推薦不知該買哪本字典才好的讀者，可以參考安部達雄先生（サンキュータツオ）的《學校不會教的事！國語字典的玩法（学校では教えてくれない！国語辞典の遊び方）》（角川文庫）。書中所介紹的字典多達十幾本，並以擬人化的方式針對特色進行解說，相信應該能成為挑選字典時的一大助力。

有些人覺得查找紙本字典很費事，不過現在不但有可供下載的字典軟體，也有線上字典可查詢，種類繁多，因此請試著養成遇到不懂的詞彙時，便立刻透過電腦或手機查明意義的習慣。

藉由學習國文（日文）來提升感受力與對話能力，人生就會更快樂——是我在網站上所揭櫫的信念。期盼各位讀者能將豐富的語彙化為工具或利器，讓每天溝通無礙，過得更加愉快。

【そ】

【た】

【ち】

【つ】

【て】

【と】

【さ】

【し】

【す】

【せ】

INDEX

巻末索引

【 あ 】

【 い 】

【 う 】

【 え 】

【 お 】

【 か 】

【作者介紹】

吉田　裕子（Yoshida・Yuko）

◉——日文講師。三重縣人。不曾上過升學補習班與衝刺班，應屆考取東京大學文科三類。以第一名的成績自教養學院跨領域文化學系畢業後，於補習班與私立高中等累積教學經驗，現於升大學補習班任教。此外，亦負責文化教室以及地區公民館所舉辦的日文古語入門、寫作技巧講座等課程，廣受6歲至90歲各世代學員愛戴。善用比喻，穿插笑料，簡單好懂的授課方式大獲好評，曾於榮光補教教學競賽中勝出，勇奪日本全國冠軍。

◉——活用奠基於《源氏物語》、《百人一首》等古典、近代文學，以及歌舞伎等傳統藝術的日文知識與素養，舉辦為職場女性設計的敬語講座，並撰寫相關書籍。

◉——於NHK教育頻道《R的法則》節目擔任敬語講師，活躍於電視與雜誌等各大媒體。

◉——著作（包含審訂）繁多，著有《談吐造就美麗女性》、《由淺入深依序習得大人必備的語彙力》（KANKI出版）、《正確的日文用法》（枻出版社）、《優美得體的「大和語」練習帖》（永岡書店）、《語彙力強化填空300題》（寶島社）等。

連日本人都在學的日文語感訓練

全方位掌握語彙力，打造自然靈活的日文腦，
溝通、寫作、閱讀技巧無限進化！

2022年8月 1 日初版第一刷發行
2024年8月15日初版第二刷發行

作　　者　吉田裕子
譯　　者　陳姵君
編　　輯　曾羽辰
特約美編　鄭佳容
發 行 人　若森稔雄
發 行 所　台灣東販股份有限公司
<地址>台北市南京東路4段130號2F - 1
<電話>(02)2577 - 8878
<傳真>(02)2577 - 8896
<網址>https://www.tohan.com.tw
郵撥帳號　1405049 - 4
法律顧問　蕭雄淋律師
總 經 銷　聯合發行股份有限公司
<電話>(02)2917 - 8022

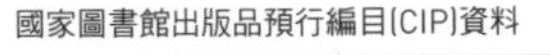

國家圖書館出版品預行編目(CIP)資料

連日本人都在學的日文語感訓練：全方位掌握語彙力,打造自然靈活的日文腦,溝通、寫作、閱讀技巧無限進化!/吉田裕子著；陳姵君譯. -- 初版. -- 臺北市：臺灣東販股份有限公司, 2022.08
224面；13×18.8公分
ISBN 978-626-329-362-5(平裝)

1.CST: 日語 2.CST: 詞彙

803.12　　111010104